立秋

乙川優三郎

小学館

立秋

見たところ驟雨《しゅうう》の消え去りそうな空であったから、売店で求めた地方紙を小脇に挟んで駅舎を出ると、光岡《みつおか》は小雨のぱらつく街をぶらぶらと歩いていった。湖畔の街にはやはり傘を持たない行楽客が雨宿りをするでもなく歩いている。車も多い。夜には湖上を彩る花火が見られる季節で、その日は学生らしい若い人影が目立った。

光岡も気散じを兼ねて東京から出かけてきた口だが、花火そのものに関心があるわけではなく、久しぶりの高地の空気に浄化作用を期待してきたにすぎない。それでいてきてしまえば、ああこんなだったな、と思うだけであった。前にきたときよりも商売屋の看板に横文字が増えて、温泉場は鄙《ひな》びた風情が薄れていたが、それも時代だから仕方がないと思うよりほかなかった。垢抜けない古い街並みに休らいを覚える彼は、東京の暮らしが息苦しくなるとふらりと旅に出るということを繰り返してきた。我慢して精神をとことん痛めたことがあるので、家族は寛容であった。

大通りを歩くうちに雨が上がって、うっすらと輝いて見える十字路をひとつふたつ過ぎるともう諏訪湖であった。予約した旅館はほとりにあって、外観からして湯宿といった風趣の老舗である。今も部屋で食事を摂れるのがよく、また広すぎない内湯も彼の好みに合っていた。前庭の駐車場に親しい女の車を見つけると、ずいぶん早くきたものだなと思いながら、ほっとする気持ちであった。

長いつきあいになる女は塩尻の漆器店の人で漆工でもある。生活のための仕事と創作を天秤にかけると、未だに生活の方が重たい人であろう。光岡は彼女の漆器を買うことで創作を助けてきたようなところがあるが、それを足枷《あしかせ》にしたことはなかった。そのためによくある男女の悪縁にゆきつくことにはならなかった。物事を流れに任せる性質が双方にあって、穏やかにつづく歳月が生まれたのかもしれない。

彼が朝比奈《あさひな》涼子《りょうこ》を知ったのはもう十年より前のことになる。たまに出かける青山で食器店のショウウィンドウに目を引かれ、ふらりと入ったのが縁のはじまりであった。高級な陶磁器の並ぶ店に、その日は黒い漆器がこれ見よがしに飾られていて、漆の控えめな光沢が彼の疲れた目を癒やした。中でも非常にシンプルで押しつけがましい加飾のない盛器《もりき》が瀞《とろ》のように美しく、添え書きに〝伝統工芸展入賞作品、曲輪造《まげわづくり》盛器、朝比奈涼子作〟とあるのを見ると、まさかと思った。そんな逸品が街中の食器店で売られているはずがないと疑い、店員に訊ねると、本物です、という返事であった。

盛器は重ねられるようにできていて、棚にはふたつあった。

「これを五つほしいが、あるかね」

「ここにあるだけです」

「作ってもらえるだろうか」

「はい、ただ時間がかかると思いますが」

「かまわない」

彼は買うことに決め、その場で手付けを打って待つことにした。実際に使うための五つで、眺めて暮らすつもりはなかった。

「ところでこの人はどこの漆工だろう」

「塩尻の奈良井《ならい》です」

「ああ、そこなら知っている、信州は蕎麦がうまくていいね、盛器ができたら、まず蕎麦を盛るとしよう」

その日から十日もしないうちに光岡は塩尻へ行ってみた。どんな女か確かめてみたい気持ちもあったが、体が高地を求めていた。信州の街はそろそろ雪の消えるころであった。

奈良井の宿に泊まり、次の日〝朝比奈〟という漆器店を覗くと、若女将《わかおかみ》のような女が応対に出てきて、観光地の店の人らしく土地柄などをさりげなく話した。店の棚には旅行客が求めやすい数物《かずもの》が並んでいて、光岡は小ぶりの椀を眺めていた。手にしっくりする形と大きさがよいので欲しい気がしていたのだが、内側の朱漆が彼には目障りであった。

「これの黒いのはありませんか」

「ございます、少々お待ちくださ い」

女は内暖簾の奥へ消えてゆき、待つほどもなく戻ってきた。黒漆の椀を両手で差し出しながら、木地は同じものですと言った。年格好のわりに指先が荒れていたが、見目は涼しげで、ブラウスの胸元にネックレスが見えていたから、独身だろうと光岡は想像した。

椀を五つもらって包んでもらう間、彼は下を向いた女の額や鼻筋を眺めていたが、急にそうして取り繕《つくろ》っている自分が馬鹿馬鹿しくなって言った。

「ひょっとして、こちらは工芸展に出品した朝比奈涼子さんのお宅ですか」

「はい、私がそうですが」

女は顔をあげて、訝《いぶか》しむ目を向けてきた。

「そんな気がしました、私は光岡と言います、東京の青山であなたの盛器を買った者です」

「追加のご注文をくださった方ですね、ありがとうございます、まさかここまでいらしてくださるとは思いませんでした」

「急に信州蕎麦を食べたくなりましてね、どうせゆくなら奈良井にしよう、とまあ、それだけのことです」

光岡が砕けた調子で言うと、女も気を許したふうに笑った。蕎麦のために信州まできたという話を信じたわけでもないだろうが、そんなことを言う男がおもしろいらしかった。

「それで、お蕎麦は食べましたの」

「昼の愉しみに取ってあります、よろしかったら一緒にどうです、もう少しお話を伺いたいし」

「あいにく今日はお店を空けられません」

「そうですか、では夕食をつきあってくれませんか、宿はすぐそこです」

「お招きはありがたいのですが」

「商談ということにしてはどうです、実際そんな部分もあるし、食事をして悪いこともないでしょう」

涼子はお茶を出したりしながら考えていたが、やがて小さな声で承知した。

「せっかくですから、ちょっとだけお邪魔することにします」

そんなことを言うのにずいぶん時間をかけたものの、決めるとにっこりとして気を変えるのは早かった。

その晩、光岡は紳士的に振る舞った。宿中の者が涼子を知っているうえ、宿泊客が少ないせいか、注視されている気がしてならなかった。それが旅先の身に快くもあった。

内湯の休らいに浸《ひた》って夕暮れを待っていた彼は、改めてカジュアルなスーツに身を包んで漆工を迎えた。その時点の感覚では女性というより漆工であった。仕事着のままやってきた涼子は、卓の向かいに座ると、こちらのお客になるのは初めてですと言った。

「ごゆっくりどうぞ」

料理を並べていた女中が下がると、彼らはビールで奇妙な巡り合いを祝した。光岡があの日青山へ行っていなければ今日はなかったであろうし、今日涼子が店にいなければ流れていたであろう縁であった。

「漆が用意してくれたような席ですね、気楽にやりましょう」

光岡は出任せに言いながら、女性の漆工といる雰囲気を愉しみはじめた。相性のもたらす気軽さのようなものが、向かい合ったばかりで生まれているのだった。

「工芸展での入賞も意外でしたが、今日はまた別の驚きでした、あの盛器を買ってくださる人がいて、その人が目の前に現れたのですから」

涼子は滑らかな標準語で話した。それが自然な時代になっていたが、素直で、都会的なあくのないのがよかった。

「青山の店であれを見たとき、なんだかとても懐かしい気がしたのですよ、子供のころに見た記憶があるのに状況の画像は模糊としている、しかも今の家にはありません、よい漆器は人の一生より持つはずだから、不思議でね」

「漆器は人から人へ渡ることがあります、使われて使われて、いつか消滅するころには最初の持主とはまったく縁のないところにいたりします、よいものは旧家の売立目録《うりたてもくろく》にも並びます」

「なるほど、そういうこともあるか、しかし私が手に入れたからには、あの盛器は一生使いますよ、といってもあと三、四十年のことでしょうが」

「ありがとうございます、あれは工芸展に出しましたが、実用向きに強くこしらえていますから優に百年は持ちます」

「そのころには作り手も使い手もいなくなっているというわけですね、使い切るなどという夢を見ていると返り討ちにあうわけだ、愉快だなあ、さあ食べましょう」

光岡は卓を埋めている料理をすすめた。旅館の食事でよいのは好きなものから少しずつ摘まめることで、左党の締めはおにぎりでも茶漬けでもよいのだった。山裾の旅館の卓には海のものも出ていて、にぎやかである。涼子はほとんど飲まなかったが、酒席には馴れているとみえて器用に酌をし、光岡は持てなしの出任せを繰り返した。

「なにか初めての感じがしませんね、朝比奈さんはずっと塩尻ですか」

「はい、生まれてから今日まで余所《よそ》で暮らしたことはありません、旅行もあまりできませんし、その意味では世間知らずです」

「工芸展には行かれたでしょう」

「行っていません、ちょうど家の用事と重なったものですから、ときどき図録を眺めて行ったつもりになっています」

東京ですら彼女には遠いのであった。漆工の暮らしは地味で、光岡が想像する以上に仕事に時間をとられるらしく、そうした生活に狭い奈良井は向いていると彼女は話した。籠《こも》りすぎて窒息しそうになると車で松本へ出るという。そこでなにをするという目的もないので、都会の空気を吸って帰ってくるだけだと言って笑った。

「列車に乗ってしまえば東京は近いですよ」

「ええ、でもなかなか行けませんね、行っても迷子になるだけでしょうし、帰ってきたら具合が悪くなるような気がします」

そういう女のなにかあきらめているような表情や、ときおりすっと力の抜ける居住まいに光岡は郷愁を覚えた。東京生まれの彼に遠い郷里などというものはないのだが、郷愁に似た感情はあって、接する人の心境に乗じるのかもしれなかった。ひねもす漆を塗る女と、松本へ車を飛ばす女がまだ彼の中で一致していなかった。

「毎日同じ部屋に籠って、同じ仕事をつづけてゆくのは大変でしょうね」

「それは会社員でもお医者さんでもそうでしょう、違うとすれば私の相手は口をきいてくれないことです」

光岡はうまく笑えなかったが、そんなふうな顔は作った。食事の愉しさは語らいの愉しさでもあるので、彼女の調子に合わせながら話した。

「すると今日はだいぶ口をきいた方ですね」

「もうたっぷり、半年分はききましたね」

「それは大出血だ、エネルギーを補充しないといけませんね」

そのとき部屋の外で声がして、女中が用済みの器を下げに入ってくると、彼は意図して聞こえるように言った。

「ところで追加の盛器ですが、いつごろまでにできるでしょう」

「木地の乾燥にあと半年はかかります、私の仕事はそれからですから早くて年明けでしょうか」

「よいものができるならいくらでも待ちますが、なにやら鶴首になりそうですね」

「機械なら木地もあっという間にできるのですが、見た目だけということになりかねません」

「なるほどねえ」

光岡は聞いているであろう女中に追加の酒を頼んで、あとは勝手にやるからと婉曲に邪魔を拒んだ。意を酌んだ女中が早速冷えたビールを運んでくると、彼はさりげなく心づけをはずんで、気は心だから、と余計な口も封じた。効くかどうか分からない。だがそんな気遣いが通じたのか、涼子は心なしか明るくなっていった。

「あの女中さん、取っつきにくい人なんですけど、笑いましたね」

「気は心ですよ、私と彼女の間にほかになにがあります」

「愛想笑いでもなかったような気がして」

「繊細な人かもしれませんよ」

また出任せを言いながら冷めた鯉濃《こいこく》をつついていると、彼女は不意に、ときどき漆を嫌いになることや、やはり漆工だった両親が若死にしたことなどを辛くもなさそうに話した。一家で漆に生かされていながら、最後は漆に殺されるのだと微笑を浮かべたまま言った。漆工の女に淡い興味を抱いて食事に招いた光岡は、そこまで近づいてよいものかどうか戸惑ったものの、向き合ってしまえば女のするに任せるのも性分であったから適当に相槌を打ったりした。東京の家に燻《くすぶ》っているよりずっとおもしろいことは確かであった。

「漆塗りは今でも日本の宝だと思います、それを生業《なりわい》にできる幸せを味わうこともあります、ただこの歳で一生が見えてしまうのが嫌ですねえ」

彼女は言った。

「その点は私もご同様です、冒険することを忘れたせいか、大勢の人が早々と一生を見てしまう時代のようです、漆工だけが特別ではないでしょう」

「光岡さんはなんであれ答えを持っていますね、どこで学んだのですか」

「夜の巷です、早朝の公園なんかで野良猫からも学びましたね、教師に不自由したことはありません」

「勉強になります」

「真似はしない方がいい、職人が馬鹿をすると美しい塗りが剝《は》げます」

そう言った光岡も涼子も笑った。

「実におもしろくなってきました、もう少し酒をやりませんか」

「そうしたいのですが、お酒はいただけません、これから車を運転しますので」

「それはまた、そこのお店に住んでいるものとばかり思っていましたが」

「店は兄の代で、私は職人兼雑用係のようなものですから、アパートに暮らしています」

「そういうことなら今日はタクシーで帰りなさい、私が持ちますから」

「そんなもったいない」

　彼女は言い、それからまもなく卓の上の食器を無意味に整えて帰っていった。光岡が宿の玄関先まで見送りに出ると、あたりはもう暗く、ひっそりとした通りを場末に向かって影のように去ってゆく姿が眺められた。そのときになって彼は旧街道の家並みを保存する通りには車の置き場のないことに思い至った。同じことで涼子も身の置きどころがないのかもしれないと思いながら、部屋に戻るとしかし、急に酔いがまわって、いつのまにか敷いてある布団に無様な格好で潜り込んだのであった。


　盛器の完成を待つ間、光岡はときおり涼子を思い出しながら奈良井に訪ねることはしなかった。経営する貸しビルのひとつが老朽化して、山ほどある修繕を妻ひとりに任せておけなかったし、息子の達也《たつや》はまだ子供で頼りにならなかった。

　平素は管理会社に委託している業務も、監査を怠ると先方の利益優先という構図になりかねない。妻の佳枝《よしえ》は数字には強いが、光岡家の嫁という呼称の似つかわしい人で、おとなしい。

交渉事や追及には向かない。祖母方の縁戚にあたる家の生まれで、十九で嫁いできたせいか、未だに本家に仕えるふうがあった。光岡は佳枝がこっそり実家を援助していることに気づいていたが、知れた額なので放っていた。そのことに佳枝も気づいて、頭が上がらないのかもしれない。

「今度の修繕は大がかりだが、年内には終えたい、外観より配管に金をかけなさい」

「そのつもりでいます」

佳枝はとにかく従順で、しかも物事にあわてないところがあった。おとなしいわりに家政婦を使うのがうまく、勝手向きは彼女の才覚でまわっていると言ってよかった。それでいて夫には控えめに物を言うのだった。

光岡の家は商才のあった祖父の代に成り上がった地主で、戦後の大森や馬込界隈に資産を築いた。その資産を父が継ぎ、土地を貸し、売り、ビルを建てて増やす中で光岡は育った。飢えはおろか空腹すら他人事の家庭であったが、教育はきびしく、ためにならない散財や遊びは一切許されなかった。たまに逸脱すると殴られる。反抗すると丸刈りや禊《みそぎ》が待っていた。冗談だろうと思ったが、父は本気で、母はとめる術《すべ》を知らなかった。若い身には息苦しいだけであったから、彼は両親を尊敬したことはない。だから自分の子供は放任して、なるようになればいいと考えた。

今も暮らす大森の家には父が遺した大仰な仏壇があるが、香華を供えるのは佳枝で、光岡は手を合わせることもしない。それで罰《ばち》も当たらないと知ると、家風とともに宗教も人生から排除した。そうして自分を片づけてゆくのがひとつの目的になると、欠いてきたものに愛執を覚えたりもするのだった。

人に無理強いをしないという生き方は、なりゆきに任せるという消極的な生き方でもあるが、そういう性質ができあがってしまうと楽でもある。妻にも一個の人間を見るし、たいていのことは許せる。達也が家業は継ぎたくないと言ってきたときも、光岡は顔色も変えずに、ゆっくり考えてみるさと言ったきりであった。いずれ遺産は継いでもらうしかないので、そのときがくるまで男として可能性を試してみるのもよかろうと思った。

「おとうさんはどうでもいいんだね」

彼は言った。

「そう思うか」

「だって、なにも反対しないじゃないか」

「反対してほしいのか、理屈に合わないぞ」

「物分かりがよすぎるよ」

「悪いが、理想の父親にはなれそうにない」

そんなやりとりのあとにはつまらない感傷が残ることがあったが、数分のうちに気を変えられるようになっていた。彼が最も不得手なのは人を苦しめたり無駄に悩ませたりすることで、きっかけはその罪過が自身に返ってくるという現象を若くして知ってしまったことであった。けれどもそれを宗教的な理屈に結びつけることはしなかった。父親がそんな歳でも境遇でもないのに正気を失って終わってゆくのを見たとき、彼は生きたように死んだだけのことだと思って済ました。残した財貨がなんの証《あかし》になろう、そう思い、金庫がひっくり返るまで蹴飛ばしてやったが、やはり罰は当たらなかった。

遺産というありがたい重荷がその後の人生を決めてからも、彼は飄々《ひょうひょう》と暮らすことに努めた。豪遊を愉しめる身分であったが、場末の酒場で飲んだくれながら普通の人を観察したり、処世に長けた年下の女性に遊ばれたりもした。するうち人生の時間を浪費している自身のくだらなさにはっと気づいて、洗ってくれそうな清浄な空気を求めた。強いられた禊とは違う。試しに穂高《ほたか》へ行ってみると、果して愚かな渇きの特効薬であった。味を占めた彼は小さな旅を繰り返し、旅先の宿に休らい、わけても高地の古い家並みと空気に憩うようになっていった。そうした月日があって、今を無事に生きていられる気がするのだった。

修繕の段取りを終えて工事に入ると、東京は蒸し暑い夏になっていたが、どうせ汗を掻くなら、と光岡は珍しく働いた。所有するビルやマンションはどれも古くなっていて、早晩なにがしかの手入れが必要になるはずであったから、この際自分の目で確かめておこうと考えた。自ら写真を撮り、データ化し、注意書きを添えて佳枝に渡すと、残暑の季節であった。あとは優先順位を決めて一棟ずつ片づけてゆくしかなく、その計画は佳枝に任せても大丈夫だと自信していた。

一仕事を終えると、彼は佳枝を連れて鮨を食べに行ったり、ひとりで美術館へ出かけたりした。絵画の鑑賞だけはひとりでするのがよく、終わるとその辺の飲食店で図録を肴に一杯やってから帰るのが常であった。傍目にはさして意味があるとも思えない時間が彼には愉しく、大切であった。家の近くまできて行きつけのバーに寄ることもある。カウンターの内側に寡黙な女がいて、笑わせたら寝てくれるという噂であったが、実現した男はいなかった。光岡が美術展の図録をひらくと、

「いい趣味ですねえ」

と言った。

「興味がありますか」

「そんな教養はありません、見れば分かるでしょう」

素っ気ない遇《あしら》いのわりに客足が絶えないのは、なんでもいらっしゃいといった感じの女の雰囲気がおもしろいからであった。静かな店の居心地よりも、その表情に値打ちがあった。光岡は三十分も飲んで引き揚げるが、いつも思うのは高地へ連れていったら笑うのではないかという密かな期待であった。どこかで明日の空白を怖れるせいか、そんなことでも彼の一日は充たされた。

やがてのろのろとやってきた春の日、青山の食器店から連絡があって、涼子が自ら盛器を届

けにきていると知ると、彼はすぐ出かけていった。あの涼子が東京へやってくるとは思ってもみなかったので、年甲斐もなくそわそわして仕方がなかった。

午後の街はどこも人通りが多く、青山にも人が流れていた。店の近くでタクシーを降りて入ってゆくと、数人の客がいて、涼子は片隅に立っていた。手に「朝比奈」の手提げ袋を提げている。照明のせいか少し印象が違って、長い髪はポニーテールであった。

「やあ、しばらく、できたのですね、よくいらっしゃいました」

向き合うと、なんどり美しい顔が笑った。

「長いことお待たせしました、新宿からこちらへくるのにやっぱり迷いました」

「電話をくれたら迎えにいきましたよ」

光岡は出任せに話しながら、本当にそうしただろうと思った。

店員が形ばかりの休憩所に茶を出してくれて、彼らはそこで完成した盛器を眺めた。

「いやあ美しい、見事ですね」

「精一杯やらせていただきました」

そういう顔にも充足が見えて、線の細い女性ながらよい仕事をした職人の表情をしているのだった。光岡は特別漆器に詳しいわけではないが、定着した塗りの落ち着きと光沢くらいは分かって、これが百年の塗りかとしみじみ見入った。

「ところで、どこかでゆっくり話したいのですが、時間はありますか」

「明日の朝には帰らなければなりません」

「それは忙《せわ》しない、お泊まりはどちらです」

「新宿のビジネスホテルです」

「せっかくいらしたというのに、それでは東京を見たことになりませんね、せめて新宿の街なり夜景なりと見ましょう」

どこといって行くあてもないまま光岡は外の世界へ誘った。名所を巡る時間もないので車から皇居を見せて、新宿の飲み屋街の焼鳥屋に肩を並べたのは夕暮れのことであった。

「これも東京の顔です、というか縮図かもしれない、戦後の闇市からはじまった人生劇場のなごりでしょうね、客もおとなしくなりましたから、くつろいでください」

「ちょっとした集落の感じがします、煙のせいでしょうか、外国人の方もいますね」

テレビでも見られる光景であったが、興奮気味の涼子の目には異質なものに映るらしかった。

「松本あたりにもあるでしょう」

「繁華街はありますが、雰囲気が違いますね、ここまで砕けた感じではありません」

「お客はたぶん地方出身の人が多いと思いますよ、根っからの東京人は結構おとなしく暮らしていたりします、東京タワーに登ったこともないとかね」

「光岡さんはどうです」

「小学生のときに学校のお仕着せで登ったきりです、そんなものです」

「お仕着せというなら、私の通った小学校の必修は漆塗りでした」

「小学生のときからですか」

「ええ、家でもやっているのにと思いましたが、そうでもしないと後継者が絶えてしまうという危機感があったようです」

「一日見学の東京タワーとは違いますね」

光岡は女とするそんな話が好きで気分がよかった。厚いグラスの酒が美味く、見ると涼子も飲んでいる。小ぶりの焼鳥が舌に合って、馬鹿にできない味わいがあった。

「あれから一年近く、仕事に乗れなくて困りました」

と涼子はひたすら機械的に数物を作っていたことを話した。木地もできていないのに頭から盛器が離れなかったという。量産できない品に気持ちが向かうのは職人の贅沢《ぜいたく》でしかないが、創作を忘れてはつまらないとも言った。光岡にはそんな一年はないので、羨《うらや》ましく思った。

「焼鳥を食べながら話すことでもないようです、これを飲んだら場所を替えますか」

「ごめんなさい、そんなつもりで言ったのではありません、籠る仕事のせいか話題が乏しくていけません」

しばらくして光岡は高層ホテルのラウンジへ涼子を案内した。彼も久しぶりで、運よく窓際の席から夜景が眺められた。明かりが多いほど夜景は美しく見えるものだが、彼はすぐ飽きて涼子に目を戻した。飲物を運んできたウェイターが下がるのを待って、彼女は話した。

「贅沢な空間ですね、私の仕事場の百倍はありそうです」

「ただのコンクリートの箱ですよ、カーペットと照明でなんとか持ってる、こういう場所のよさは人目を気にしなくてすむことでしょう、奈良井の旅館の女中さんは元気ですか」

「はい、あれからなんとなく親しくしてくれて、駐車場で会うと声をかけ合うようになりました、漬物をくれたりします」

「淋しいのかなあ」

「光岡さんはいつくるのかって、よく訊かれます」

「なんだ、心づけが目当てか、分かりやすくていいね」

笑いのうちに酒がすすむにつれて緊張がほぐれたのか、涼子がハンドバッグから小箱を取り出して、

「こんなものを作ってみたのですが、使っていただけますか」

と言った。箱を開けると、中身は印籠《いんろう》を模した名刺入れらしく、中に涼子の名刺が入っていた。漆塗りの表面に更に黒漆で蜆蝶《しじみちょう》が描かれているのが洒落ていて、手にしたときの姿が美しかった。

「粋だなあ、しかしこんなものから名刺を出したら、相手が驚きますね」

「そこも狙いです、お話のきっかけになるかと思いまして」

「そりゃあ、なります、これを見て黙っているような人とはつきあえませんよ、それくらいいいです」

光岡は世辞でもなくそう言っていた。涼子の気持ちがうれしかったし、実際手中のものは美しかった。木地の乾燥を待つ間にこんなこともしていたのかと思うと、自身の生温《なまぬる》い生きようにも改めて思い至った。ひたぶるに努める人を知れば、努め足りない自分を知るのが人間であろうが、すぐさま努めることもできない彼は目の前の精華に女の胆力を見るのが精々であった。

「盛器も素晴らしいが、これにはまた別の喜びを感じます」

「漆の質感や可能性を感じていただけたなら本望です、今日日《きょうび》の商品としては落第でしょうが、明日の夢にはつながるでしょうから」

「漆工がそこまで考えているとは誰も知らないでしょう、私は知ってしまった、うまく言えませんが、とてもありがたいことです」

光岡は出任せではなくそう言いながら、記憶に残るであろう一日を予感した。控えめな明かりを浴びて、小さな携帯品もそれを生んだ漆工もふたつながら輝いていた。とことん飲みたいと思わせる条件が整ったように思われ、彼は強いカクテルを注文した。しかし涼子は意外に強く、彼と同じペースで飲んでいながら酔っているようには見えなかった。

「半日前に塩尻の駅に立っていた自分が幻のようです」

と平然とした顔で言った。

「清々しい顔をしていますよ」

と光岡は彼女のあわただしい一日をねぎらって、乾杯した。明日の朝には帰る人であったが、まだ肝心なことを話していない気がした。テーブルに置いたままの名刺入れをさすりながら、なぜ蜆蝶なのかと訊ねると、嫌みがないからという返事であった。気障りですか、と逆に訊かれた。

「まさか、この感触は好みです」

「盛器の底にも置いてみようかと思いましたが、勇気がなくて」

「底ならかまいませんよ」

話は漆へ戻っていったが、それも自然な流れの夜であった。ひとつの仕事を終えた女の明るさが、上京という形で男の無為な日常をも染めはじめているのだった。涼子は帰るときを忘れて都会の居間にくつろぎ、光岡は美しいものの尽きない一日に充たされながら快く酔っていた。

互いを人生の旅路に誘うでもなく、この人でなくてはならないという衝迫《しょうはく》もないまま男と女になってゆくなりゆきは、それぞれの心身の都合が求めた贅沢な逃避であったかもしれない。光岡は涼子になにかを強いたことはなく、彼女もまた強いられて従う人ではなかったから、曖昧な流れのうちに哀楽が見え隠れすることになったが、どちらも彼らには手懐《てなず》けられるものであった。

待ち合わせた旅館に上がると、女中が先客のいる部屋の入口まで案内した。お連れさまがお見えですという声に反応した女が立ってきて、濡れませんでしたか、と待ちかねた顔で出迎えた。

「たいした雨じゃない、ほら、新聞も無事だろう」

光岡はわざわざ見せて笑った。

二階の部屋には女がすでに居心地を作った形跡が見えて、卓に雑誌が載っていたし、乱れ箱の浴衣の上には夏用のローションが置かれていた。

「君の方こそ無理をしたんじゃないか、なんだか車が疲れているようだった」

彼は軽口を叩きながら、女のいる和室にほっとして窓外へ目をやった。花火の見える部屋を頼んでいたので、果して清々とする眺めであった。

「洗車をする時間が惜しくて」

そう言いわけする女もよい姿で、盛夏の今は髪が短い。仕事に没入すると髪をなおざりにする人で、寒い季節に長くなることが多かった。

「それにしても早く着いたね」

「せっかくのお休みですから」

「雨も終わりらしい、湯に浸かる前に少し湖畔を歩いてみるか、花火だからそろそろ市が立つだろう、かき氷でも食べよう」

夕食までだいぶ時間があったし、光岡は涼子と夫婦面をして歩いてみるのも悪くない気がした。諏訪は塩尻よりも自由であった。

涼子の支度を待って宿を出ると、ふたりは車道を横切って湖岸の道へ下りてみた。冬には凍る湖が、夏の間はゆったりと陽を浮かべて長閑《のどか》である。歩道の先に公園が見えて、人集《ひとだか》りのする方へ歩いてゆくと、大学生らしい若者たちが露天商を囲んではしゃいでいるのだった。売り物は車のアクセサリーや花火やストラップなどで、彼らがおもしろがっているのはぽち袋で隠したばら売りの避妊具であった。女性にも買う人がいて、ジーンズのポケットに仕舞って喜んでいるのを見ると、中年のふたりは顔を見合わせた。

「私の青春にはなかった光景ですね、高校を卒業したら次の日から仕事でしたから」

「今の学生は自由でいいね、私もこんな遊びには縁がなかった」

光岡は歩き出しながら、高い買い物だと思った。薬屋で箱入りを買ってみんなで分ければいいようなものだが、そっちの方が勇気がいるらしかった。ただの風船だったらどうするのかと想像すると、おかしかった。

「ところで商売はどう」

「まあまあですね、思うようには捌《は》けませんけど、潰れもしないし」

「いっそ人間国宝を目指すか、肩書きで売れるらしい」

「まず年を取らなければ無理でしょう」

涼子は皮肉を言って笑った。

「創作も商売の傍らでは気力がいるね」

「はい、でも来年はまた工芸展に出品してみるつもりです、図案ではいい感じになっているので、おもしろいものができるかもしれません」

「ものはなんだろう」

「料理の器をイメージした合子《ごうす》です、和食でもフランス料理でもいけると思います、塩尻のレストランのシェフに相談したら合格でした、でも家庭向きではありません、本当はそっちを作りたいのですが、需要がなくて」

変わらない悩みと涼子は闘っているらしく、漆器店の安全な仕事だけでは充たされない口ぶりであった。

塗物の商売がむずかしくなっているのは事実で、持ちがよいだけに同じ物を買う人は少ない。そのあたりは光岡にも分かることであった。なんでも安い物で間に合う社会になって、本物は裕福な人が求めるものになっていたが、そういう人こそ好みがうるさく、漆器を前世紀の遺物に見たりするという。すると購買層はますます薄くなる。そのうち漆器は芸術品になってギャラリーでしか見られなくなるかもしれない、と涼子は冗談半分ではなく案じていた。

「まあ、腐らずにできることをやってみるしかないな、なにがきっかけで持ち直すか分からない、製造業にはそんな話がよくある」

「そうね、でも私にはそのきっかけがちっとも見えてきません」

「すぐに見えたらつまらない」

「みんなあなたのように物分かりのいい人だったら、世の中つまらないでしょうねえ」

「藪蛇《やぶへび》だな」

光岡は苦笑したが、くさされている気はしなかった。そのうち派手な幟《のぼり》が見えて、ソフトクリームの屋台と知ると、涼子を誘って食べにいった。近づくと屋台に見えたのは小型車で、湖の汀《みぎわ》がすぐそこであった。少し沖を大学のボート部らしい細長いエイトの艇が過《よぎ》ってゆく。ふたりはバニラとチョコレートのツイストをもらって、子供のように嘗《な》めながら立っていた。風が少し立ってきて爽やかであった。

「若い人は遊びであれスポーツであれ夢中になれていいね、その意味では君もまだ若いってことだな」

「腰痛で寝付けない夜もあります、次の日車に乗るとき、よっこらしょをするんです」

「腹巻きをしてか」

「よく分かりますね」

そんなたわいない話が歳月を重ねたふたりにはなぐさめであった。涼子の目は湖上のボートを追いながら、静かな流れに乗って過ぎ去った歳月を追いかけているようでもあった。


夕方、宿の卓を挟むと、彼らは花火の時間までゆっくり飲むことにして、女中にそう言った。二、三度泊まっているので、女中は光岡の好みを覚えているらしく、おにぎりを作っておきましょうかと訊いた。

「そうだな、小さいのを二つずつ、それと漬物を少し、それで十分だ、あとは勝手にやるから、ときどき覗いてくれ」

光岡がどこでもそうするように心づけを握らせて帰すと、仮の宿もにわかに温々《ぬくぬく》としてくる。いったい幾ら包んでいるのかと訊くかわりに涼子は漆の蓋物《ふたもの》に手を触れながら、いい物です、と器の生かされているのを喜んだ。蓋をあけると、焼いた川魚の鰭《ひれ》らしきものが見える冷たい吸い物であった。酒の摘まみとしても汁物はいけるので、光岡が先に味見をすると、香りのもののようであった。

「いけるね、正直、川魚を美味いと思ったことはないのだが、これはいい」

「器の力もあります」

「この旅館だけでも相当数になる勘定だ、売り込んでみるか」

「セールスは苦手です」

「私がやってもいい」

「気が向いたら、どうぞ」

涼子は男の気紛れとして流したが、光岡は女のために働いてみるのも罪滅ぼしかと思った。彼女が結婚を脇に置いてきたのは仕事のせいばかりではなく、自分という無害な男の存在が長く邪魔をしたのではないかと思うようになっていた。そうした感情はここ数年の間に彼の胸に生まれ、いつとなく騒がすことがあった。若く見える女の歳を数えると、もう四十を出ているのだった。

彼は涼子を本当の自由へ戻してやろうかと思ったりもしたが、嫌いになったわけでもなし、なんと言って終わりにすればよいのか分からなかった。また敢えて終わらせる必要もないような気がするから、わざわざ厄介な方へ向かうことはしなかった。結局会えば気心の知れた仲というものに休らい、その居心地を愉しみ、なおざり事を繰り返すことになるのが落ちであった。せめて力になってやろうと思う気持ちの底には贖罪《しょくざい》の意識が芽生えているのだったが、一途に思いつめるというのでもなかった。

その夕も彼は解放感に浸りながら、浴衣の女はどうしてこう色っぽいのだろう、と目を愉しませていた。そうとも知らずに涼子は馬鹿がつくほど丁寧に料理を摘まんでいる。あいた小鉢には煮汁しか見えない。酒を口にするとき、箸は箸置きに置かれ、話すときはグラスをコースターに戻した。躾《しつけ》の厳しい家庭だったのか、そうした仕草が自然であった。

「ずっと気になっていたことだが、奈良井の家では漆器で食事を摂るのか」

「お椀だけです、それも半端物です」

「漆工がそれでは盆や盛器は売れまい」

「医者の不養生と同じでしょう」

「言いわけにならないな、眺めるものではないのだから、使い勝手を知らずに物を作るのはよくないだろう」

「そうですね、でも一度使ったものは店では売れないのです」

「私が買うから、使ってごらん」

光岡はそのつもりで言ったが、涼子は首を振った。

「買ってくださるなら、気に入ったものにしてください、私が使ったものを買うなんておかしいです」

「私は気にならないが、おかしいか」

「おかしいです、だいいち兄が許しません」

と彼女は珍しく身内を持ち出した。光岡は漆器店の奥向きのことには疎《うと》かったので、却って、兄が、という部分に場違いな強い響きを感じた。いつも淡々と自分をさらす涼子が身内を盾にするのが意外であった。

「朝比奈さんもずいぶん堅い人のように聞こえる」

「兄も面倒な職人ですから、そう思っていただいて間違いありません、手垢のついた食器を磨いて売るような真似は死んでもできないでしょう」

「そんなもんかね」

「そんなものです」

「人から人に渡る漆器はどう考える」

「まったく別のことです、消滅させてはならない命に起こることです」

「つまり君だな」

光岡が口を滑らすと、私が、どうして、という顔で涼子は黙ったが、哀しいことを、とすぐに咀嚼《そしやく》して薄く笑った。

光岡は涼子としかできない話を愉しみながら、方向が違ってきた気がして気軽な話題を探したが、思い浮かぶ花火について話す気にはなれなかった。するうち涼子の方から、つい昨日まででもやもやして顔のない人形のようだったと話しはじめた。

「愉しいお休みが待っているというのにおかしいでしょう、遠足を前に熱を出す子供の感じかしら、はしゃいでいながら、どこかでぼうっとしてしまって気持ちの底が抜けるんです、そのくせ夜には目がぱっちり」

「知らず識らず神経を痛めていたのかもしれない」

「そんなところでしょうね」

「医者に診てもらったのか」

「そこまで心配してはいません、実際、今朝には治りましたから、そう言えばあなたは病気らしい病気をしませんね」

「こっちへくると元気になる、東京では病人さ、神経科へ通いつめたこともある」

「人は分からないわね、恵まれすぎて壊れることもあるのかしら、健康優良児かと思っていました」

涼子は軽い気持ちで言ってから、

「ごめんなさい、こんな言い方はよくないわね」

と謝った。

「かまわないよ、こっちへきて元気になるというのは事実だ、たぶん高地の空気のせいだろう、それに君といると気が休まる」

「変わった人ね、私を避ける人もいるというのに」

「その人の目は節穴だな、浴衣の似合う漆工の女性はそんなにいないはずだ、しかもポンコツで塩尻峠を越えてくる」

「下りは楽ちん、帰りは悲鳴です」

ふたりで笑っていると、女中が早々とおにぎりを持ってきたので、光岡はついでに追加の酒を運ばせた。本当は花火など見なくてもよいのだったが、仕事を休んでやってきた涼子のためにつきあうつもりであった。女中が去ると、いくらか広くなった卓に涼子が頬杖をついて、

「平和ですね、気持ちいい」

などと呟いた。急に崩れた姿態がなまめかしく、浴衣の前が緩んで胸が覗けそうなのが妙に哀れで美しかった。光岡は遠慮なく眺めて、ありがたい平和を感じながら、しっとりとしてゆく夜に酔っていった。

いつかしら花火のはじまるときがきて、涼子が窓辺の小さなテーブルにグラスとおにぎりを運んでゆくと、彼らは籐椅子にかけて向き合った。やがて試し打ちらしい単発の花火が上がって、いよいよかと思うころ、光岡は急に酔いがまわって籐椅子の背に身を投げていた。涼子が部屋の明かりを落として、眠そうね、床を延べておきましょうかと言った。

「そのうち女中がくるだろう」

「あとは勝手にやるからなんて言えば、女中さんだって気を利かせますよ」

「じゃあ、もういいよって言ってくるか」

光岡が立ってゆこうとしたとき、すさまじい音がして、湖上に大輪の菊花が咲きはじめた。あじさいや藤のように優しく儚《はかな》いものもある。光岡は立った勢いで背後から涼子の両肩に手を置き、じきにそうすることが挨拶でもあるかのように片手を浴衣の中へ滑らせていった。つんとした膨らみは無防備で、その先に弄《もてあそ》びたくなる突起が待っていた。涼子は浴衣の上から自分の手を彼の手に重ねてじっとしながら花火を見ていた。

「ああ、きれい」

と二、三度言った。

光岡が白けて手を抜こうとすると、押しとどめて、そのまま花火を見るつもりらしかった。女の分からないのはそんなときで、光岡は身じろぎもできずにいたが、やがて立っているのが辛くなって膝をかがめた。それから小一時間も花火を見るでもなく、久しぶりの女を確かめているきりであったが、そのうちとてもいい日だと思った。


次の朝、涼子の運転する車で彼らは岡谷から峠を越えて塩尻の街へ入った。諏訪から塩尻は地図で見るより近く感じられて、実際長いドライブではなかった。奈良井から離れた林の丘に光岡の滞在する旅館があって、涼子はそこに車を着けた。旅館はまだチェックアウトの時間であったから、簡単な手続きだけすませてまた坂を下っていった。

「どうします、どこかでお昼を食べても時間があります」

「車を買おう、それがいい」

「そんな、いきなり」

「思い立ったが吉日だよ、遠からず乗り換えることになるのは見えている」

光岡はそうしたかったし、そうしなければならない気がした。

「この車が好きですし、まだ乗れます」

と涼子は唐突な申し出を拒んだ。

「とにかく見てみよう、性能が違うよ」

「見るだけにしましょう」

「なにを怖れている、たかが車じゃないか」

塩尻には車のディーラーの並ぶ通りがあって、結構な数である。彼はポルシェの販売店の前に車を駐めさせて、ジャガーもフィアットもいいが君にはこれだろう、と自信たっぷりの顔で言った。直感というより、長い間の観察が言わせる言葉であった。

「私の収入で買える車ではありません」

涼子は現実的なことを口にしたが、光岡の現実ならむずかしいことはなかった。

「安いものもある、世間が気になるならローンで買ったと言えばいい、二十年も乗ったら元は取れるだろう」

ためらう女を促して店へ入ると、ショールームの隅のツーシーターが目にとまった。小型で線が美しく凜としている。寄ってきた店員に性能を訊ねると、価格に関わらずポルシェはポルシェですという。

「座ってごらん」

光岡は涼子にすすめた。

「似合うね、これにしよう」

唖然として言葉の出ない涼子をよそに彼は即決したが、手続きに時間がかかって苛々《いらいら》することになった。そのあと自分用にレンタカーを借りて旅館へ運んでもらい、街のレストランに落ち着くと昼下がりであった。涼子はこのなりゆきに不満げであった。

「アパートに暮らしてポルシェですか」

メニューから目をあげて、そう言った。

「おとなしいフォルムだ、君が思うほど人目にはつかない」

「ここは私が奢ります」

珍しく意地になったが、遅い昼食を摂る間に気を変えてゆき、ポンコツになるまで乗ったら私もポンコツですね、などと言って笑った。そのころにやっと車と人間が釣り合う勘定になるらしかった。光岡はそういう女の変わり身を愉しんだ。

旅館へ戻って内湯へゆき、夕食の時間を過ごすと、涼子の休暇は終わりであった。骨休めになったかどうか、明日からまた根をつめる仕事がはじまる。女の生活に踏み込むことのできない彼は、正直に淋しいとも言えずに忙しい一日をねぎらった。

「疲れただろう、気をつけてお帰り」

「明日は合子の図案を見てもらいます、お酒の肴くらいにはなるでしょう」

涼子は涼子で未練を拭って帰ってゆくのであった。

ひとりになると彼はようやく旅の荷をほどいて、読みさしの本やら手帳やら日用のものを文机の上に並べた。やはり日用の下着は手ずから洗って夜の窓辺に干すこともある。旅先の面倒を愉しむようなところもあって、馴れていた。もっとも二、三日もすると涼子が家に持ち帰って洗うか、どこかで新品を買ってくることになるのが落ちであった。シャツの類いは女中に預けてクリーニングに出すか、汚れのひどいものは捨ててもらう。どれも街中のコインランドリーにゆけばすむことであったが、人とのささいなやりとりを愉しむのだった。

朝を迎えて腹を満たすと、ひとりの日中が待っているのはいつものことである。光岡は本読みだが、それだけというわけにもゆかない。清々しい高地にいる甲斐がないし、度の過ぎる無聊《ぶりょう》は敵なので、車を走らせて行き当たりばったりに風物を観察することが多かった。そのうち夕暮れがきて、涼子がやってくると放恣《ほうし》な一日が話の種になった。

夕食だけはともにしようというのが彼らの約束事で、涼子は着替えを持参して泊まることが多い。仕事や女性ならではの都合があったりで、毎日というわけにはゆかないものの、その間合いがほどよい刺激になるのも逢瀬の常であった。

次の日の夕方、陽のすっかり落ちる前にやってきた涼子は、小さな鞄から洗面道具を取り出して、

「先にお湯をもらってもいいですか」

と言った。節約を兼ねて、旅館の広い浴槽で体をほぐすのであった。

「私もこれからだ、一緒にゆこう」

浴衣に着替えて階下へ下りてゆくと、売店に子供の声がして湯上がりの家族連れが土産物を見繕っているところらしかった。それで夏休みだったな、と光岡は思い出した。

「漆器店には夏休みというものはないのか」

「ありません、旅館に休みがないのと同じです、夏場はお客も多いし、奈良井で長く休む店はないでしょう」

「そのうち蕎麦を食べに行ってみよう」

内湯は長い廊下の奥にあって、女性客が多いので女湯の方がいくらか広いという女中の話であった。仕切りの壁の上が少し空いていて夫婦が声をかけたりできるが、そんなことをする人はもういなかった。時分どきのせいか内湯はがらがらで、光岡は浴槽の端から端まで手を突き

ながら泳いでさっと上がってしまった。涼子にはああ言ったが、その日初めての湯ではなかった。

いったん部屋に戻ってから、合子の図案を見せてもらい、彼らはまた階下の食堂へ下りていった。ここの食事は朝も夕も食堂で摂ることになっていて、席も決められている。光岡の好みではないが、宿のやり方に従うしかなかった。食堂は大方客で埋まっていて、彼らの席は隅っこであった。内装は宿駅の古民家を思わせる作りで、太い梁《はり》がそれらしい風情を醸している。卓には据え膳の料理が並んで、二泊目の彼らのものはほかと違って洋風であった。

「ワインにするか」

「今日は飲めません」

涼子は帰るつもりらしく、そうと分かると光岡は急に侘しくなったが、顔には出さなかった。

「私は飲むから、しばらくつきあってくれ」

そう言って、ビールをもらった。相手のいない酒は酔いがまわるのが早いし、酔えば苦もなく眠れるだろうと思った。

涼子は高地の野菜のサラダを箸で摘まみながら、微笑を絶やさなかった。

「なにかいいことでもあったのか」

「今日、名古屋から高校のクラスメートが訪ねてきて、重箱を買ってくれました、八年ぶりの里帰りとかで、いつまた会えるか分からないからと言って」

「それは嬉しかったろう、一度ゆっくり飯でも食べたらいい」

「それがもう帰るんですって、とても忙しい帰郷だったようです」

「まあ、久しぶりに会えただけでもよかったじゃないか」

「ほんとうに」

涼子は思いがけない邂逅《かいこう》の余韻に明るんでいた。もし昨日であったら行き違うところであった。彼女はその話といっしょに重箱が売れたのも久しぶりだと話した。それぞれの家庭でその家の御節料理《おせちりょうり》を作らなくなったのが大きいのではないかという。実用品を作る漆工の実感であろう。光岡の家では佳枝が作るので、御節の宅配は広告で見るだけのものであった。

「便利なようでつまらない時代になったな」

「作る人は大変でしょうけど、楽をして味気ないお弁当を食べるようなものですから」

「つまり君も食べたことがあるわけだ」

「一度だけ奈良井の家で相伴しました、野沢菜の漬物でお屠蘇《とそ》をもらう方がずっとましだと思いました」

「正月の重箱に野沢菜は見かけないが」

「炒めると上等の味になります、数の子やきんとんより私は好きです、とにかく飽きませんし、お茶請けにもなります」

「その炒めた野沢菜を食べてみたいね」

「冬か春先にいらしてください」

卓上の料理が薄味に見えてくる話であったが、光岡は涼子の実生活を覗いた気がしておもしろかった。長いつきあいの仲にも知らないことがたくさんあって、ちょっとした話がおよそ知っているはずの全容を脇から照らしてくれることがある。野沢菜で祝う女の新年が目に浮かぶと、なにかしてやりたいと思うのも彼で、思案した。

「さっき見た合子の図案はなかなかいい、線描の曲面に切れがある、君はデザインもやるのか」

「そんなたいしたものではありません、ただの下絵です」

「蝶がいたね」

「売り物ではありませんから、思い切って置いてみました、蒔絵にすれば映えるでしょうが、私の仕事ではありませんので漆です」

「なにを入れるのがいい」

「使う人の好きにしたらいいものです」

「野沢菜の古漬けが似合いそうだな、売約済みにしておいてくれ」

光岡はそう言っていた。話の継ぎ穂としての出任せや、なにかしら下心があって言うことが予期しない結論に落ち着くことがあって、自分の言葉すら信じられないときがよくある。涼子という受け皿が深いせいで言葉を飾らずにすむのかもしれない。

明るい話題が興を添えて、それなりに愉しい食事を終えると、涼子はためらうことなく着替えて帰っていった。ポルシェの納車はしばらく先のことになるので、ポンコツを駆って小さな生活へ帰るのであった。どんな暮らしかとは思うが、光岡は彼女のアパートに押しかけて泊まるようなことはしなかった。それをするとあっという間に堕落して終わるような気がしたし、美も醜もあるであろう女のひとり暮らしを乱したくもなかった。

情で見送った玄関先から部屋へ戻ると、酔い心地のうちにしんとした夜がきて、ほかにすることもない彼は文机を前に胡座《あぐら》をかいていた。寝ようと思えば寝られる気怠《けだる》さであったが、ぼんやりして終わった一日が気になった。文机には涼子が置いていった図案のコピーがあって、まわりに手帳や辞書や筆記用具がある。せめて推敲《すいこう》でもしようかと思い、机の下の鞄から小説の原稿を取り出し、書きさしの部分を読みはじめたものの、すぐに嫌気がさして愚にもつかない代物だと思った。短編であるのに無駄な文章がつづいて読み苦しかった。

若いころに小さな文学賞を受賞したきり挫折した彼が、再び小説を書くようになったのは涼子と知り合ってからである。ひとつことに没頭する女の姿に忘れていた道を見る気がし、生きる意味を重ねた。再起はそういう形ではじまり、文学的成長と成果を求めて、どうにか短いものを書きつづけてきた。また挫折して終わることこそ恐ろしかった。

書いたものは誼《よし》みの編集者に託し、文芸誌に載ると短編なら十数万円の収入になる。作家ですと胸は張れないものの、活字になればそれなりに充たされた。そういうものが溜まって、何年かに一度薄い本が出る。筆名を隠れ蓑《みの》にして、人に知らせるようなことはしなかった。本当に佳いものをひとつ書けたら、幾歳になっていようと、そのときが人生で最良の日であろうと思う。

かつて彼は純文学と呼ばれるものを書いていたが、今ではどうでもよくなって、ひたすら人間を書くだけになっていた。ただ人には生業があり、生活があり、性癖や思想があるので学ばなければならない。書き方もさまざまである。だから人の本も熱心に読むのだった。自己満足としても、彼にはそれより高い目標が見つからなかった。といってそれだけに溺《おぼ》れるような生き方は好まなかった。

そうした筋金の弱さが文章にも表れるらしく、赤インクのペンで直してゆくと、一枚の原稿は真っ赤になったが、それが実力であった。明日にはまた別の表現を探すに違いなかった。執拗に求めつづければ、やがて血の騒ぐ段落が生まれるだろう。目の冴えてきた彼は自分で自分の文章をくさしながら、浴衣の袖をまくり、なんら打開のあてもないまま創作の闇へのめり込んでいった。

一週間もすると旅館の暮らしにも怠惰の風が忍び寄ってきたので、光岡は努めて外出するようにした。夕食は融通がきくようになって、天ぷらと蕎麦ですませたり、街で食べることもできたが、日中の無聊はいかんともしがたかった。小説を数行書いては湯に浸かり、気儘に近所を散策する日がつづくと、望んでいたことであるのに物足りなかった。高地の清気に洗われて、今日今日と過ごしているだけのように思われた。

ヨーロッパのブドウ畑を見たことはないが、ある日出かけた松本平《まつもとだいら》で、こんなふうではないかと彼は思った。ワインの産地にブドウ畑があるのは当然のことで、塩尻のそれは北部の盆地に広がっている。信州で平のつく地名はおよそ山あいの盆地を意味して、水源のないところでは人も農業も工夫して生きなければならない。明治時代の原野で旗揚げしたブドウ栽培はやがてワインの醸造へすすんで、その質と塩尻の名を世界に知らしめるのに百年をかけたという。信念の人がつづいたとみえて、今の豊かな眺めにもうっすらと不屈の魂が見え隠れする。渇望が生んだ創造が次の人を振り返らせて、新たな創造へ駆り立てるのだろうと光岡は眺めた。

ワイン農家の丹精する木は低く、すでに実を結んだ数多《あまた》の木々が茶畑のように整然と列をなしている。やたら空が広く、あたりは周囲の山から冷気が滑り落ちてくるようで、暑いのに爽やかであった。日没後は一気に冷え込む。晴れる日が多いが、昼夜の温度差が大きく、降水量は少ない。原野の時代にブドウに目をつけた先駆者たちは、厄介な自然を相手に果敢な試行を繰り返したに違いなかった。

収穫期には助っ人を頼むのか、旅行者の目にとまる人影は意外に少ない。道端に車をとめて長いこと眺めていると、どこからか農家の人らしい中年の女性が現れて、なんの警戒心もないような笑顔で、

「食べてみますか」

と言った。

「食べられますか」

「もちろんブドウですから」

「ではひとつ」

嚙んでみると、皮が固く、種も大きい。しかし口の中に広がる甘さは悪くなかった。

「食べづらいでしょう、でもその厚い皮や大きな種がワイン作りには宝物なのです、酸味や渋味を生んでくれるのです、よろしければいろいろ試し飲みして、お国へ帰ったら是非宣伝してください」

「そうしましょう、ご親切にどうも」

その日その日のなりゆきに任せて生きていながら、予期しない優しさに触れるとき、光岡はいわゆる人情の通りの単純さで幸福であった。たまたまそこにいることが持って生まれた幸運に思われ、楽々としてくる。東京の生活が息苦しいのは予期できることばかりだからかと思い合わせた。

出会いに清らかな休らいがあるほど別世界への空想を愉しめて、彼は心のうちで笑った。なにか書けそうな気がしてくるのは、自身の中に確固としたものを持たないからであろう。それでいて書こうというのだから、始末に負えない。もっとも執筆の苦労などというものは実生活の喜びに飽き足りない、やくざな人間がすればよいことなのであった。

その辺に屈んで働いていたのか、ひょっこり出てきた少年が、おかあさん、お腹すいたあ、と言った。

「ああ、もうそんな時間ね」

「おれ、弁当ふたつ食えるよ」

「そんなに働いていないでしょう」

「寝てたって腹は減るんだから、頼むよ」

「分かりました、おとうさんを呼んできて」

婦人は言い、少年が駆け出してゆくと、照れ臭そうに笑った。

「あれで中学二年です」

「食べ盛りでしょう、まだまだ大きくなりますね」

彼の目にはなにもかもが健全であった。空がどうしようもなく青いのがまたよく、もやもやした気持ちがたわいなく洗われてゆくのが分かる。今だけの休らいを覚えて、その瞬間を疑うことはしなかった。

「よろしかったらどうぞ」

と婦人がくれたひと房のブドウを、彼はその夜の口なぐさみにした。

またある日は高原へ出かけて、ひたすらのほほんと、けれども執拗に小説の一文を考えたりした。だだっ広い視界と清浄な空気に思考を託しながら、あてどない時間を流れるに任せる。そのうち思ってもみない懐かしい言葉や斬新な表現が風に乗ってくるように現れると、書き留めるのももどかしく宿へ取って返すのであった。

原稿用紙に書き殴ると、言葉はまた別の表情をみせはじめて鋭利になったり、期待外れに終わったりした。次の朝、まっさらな気持ちで読み返すと、駄文の方によくなる可能性をみることがあるから文章は分からない。

「くだらないことをしている」

とよく思った。

「なんの役にも立たない」

と自嘲もした。しかし偶発的に美しい一行が生まれると、そこから文章が易々と流れはじめるのだった。なにも書けない夜が嘘のように、わずか数分のうちに原稿用紙が埋まってゆく。

そんな日の薄暮に涼子がやってくると、彼は興奮した青年のようにすぐに抱きしめた。

「お風呂が先でしょうに」

彼女は言った。

「今日は泊まれるのよ」

「ステーキでももらうとするか」

光岡は熱い感情をごまかした。

湯を浴びてから食堂の席につくと、彼は給仕の女性に小さなステーキはできるだろうかと訊いてみた。

「フィレでよろしければございます、大蒜《にんにく》のソースを添えますか」

「美味そうだね、その前に塩尻の赤ワインを一本、それと刺身を少々もらえるかな」

「かしこまりました」

もう担当が決まっているとみえて、顔馴染みの女が下がると、

「迷惑なお客ですね」

と涼子が揶揄《やゆ》した。

「しかし毎日同じものを食べるわけにもゆかない、長逗留なりの散財もしている」

「分かりますけど、なんだか女中さんがかわいそうです、今ごろ厨房で擦《す》った揉《も》んだしている

かもしれません」

「それが仕事だろう、客の君が気遣うことはない」

光岡は無理を言う分、相手の苦労には応える気持ちであったから、この手の恩沢《おんたく》は情のほかであった。無償の親切と異なり、持ちつ持たれつという姿勢であった。

「今日はどうだった」

と涼子に訊くことは同じであったが、彼女の昨日と今日は違うことが多かった。漆器店に勤めて裏では漆を塗る女の一日は、彼が想像するよりどたばたするらしく、兄に小言を言われ、兄嫁に体よく使われるということをよく聞いた。

「珍しく無事でした」

と涼子は答えた。

「ちょっとした入金があって兄もほっとしたのでしょう、商品の陳列を変えてエレガントな照明にしようと話し合っています、朝から電気屋さんがきて、長いこと相談していました、どんなふうになるのか愉しみです」

「そのうち覗いてみよう」

冷えたワインがくると、光岡は語らいのきっかけに、ブドウ畑を見にいって親切にされたことを話した。

「桔梗《ききょう》ヶ原《はら》と言ったかな、どこからどこまでをそう言うのか分からないから、その先だったかもしれない、とにかくブドウ畑がつづいていて一休みしてぼうっとしていたら、農家の婦人がブドウをくれてね、働きづめで疲れていただろうに笑顔が美しかった」

「あなたには人を油断させる雰囲気がありますからね」

涼子はワインを嘗めながら、からかった。

「害のない人間ということは自然に伝わるらしい、旅先でもよく道を訊かれる」

「それでブドウはどうでした」

「甘かった、厚い皮の部分がワイン作りには欠かせないらしい、ひとつ学んだよ」

「このワインも桔梗ヶ原のワイナリーのものです、あなたが食べたブドウと同じ品種でできているはずですから、両方の味を知ったことになりますね」

涼子の言葉は彼の漠とした一日に意味を持たせて、さりげない労《いたわ》りが優しかった。光岡は卓のワインボトルに目をやった。

「ラベルのデザインをもう少し工夫したら格が上がると思うが、こだわりがあるのだろうな」

「もちろん考え尽くした結果でしょう、私は素敵だと思います」

「一度ワインのボトルを見にヨーロッパへ行ってみるか、目的のある旅はいい」

「私が学んでどうしますか」

行けないというかわりに、彼女はそう言った。毎日を懸けて漆と向き合っている女に欧州への旅は夢かもしれない。奈良井の仕事場に籠って、塗りと接客を繰り返す日々であった。光岡はそういう女に、いっとき世間を忘れる時間と空間を堪能させてやりたい気がしたのだった。

それは彼が東京を逃れて涼子のいる空間に休らうのと同じ理屈であった。

「漆器もボトルも器だ、なにかしら新しいアイディアにつながるかもしれないぞ」

「フランスにはフランスの美意識があるでしょうし、あえて触れない方がよい場合もあるかと思います」

「えらく消極的だな、もうそんな時代でもないだろう」

「ここでワインを飲んで、ステーキを食べてもフランス人にはなれません」

「明治の人はワインを作った、模倣がオリジナルを超えることもある」

「彼らはヨーロッパへ行ったこともありません、でも成し遂げました」

光岡は打てば響くようなお喋りを愉しんでいた。

食事のあと小さなバーへ移ってカクテルをもらっていると、それぞれの一日が溶け合うのを感じてくつろいだ。騒ぐ客がいないのもありがたかった。棚の酒瓶を眺めていた涼子が、

「店の漆器はやや下に見る方がいいですね」

と言った。八百屋の野菜と同じだという。

「客の側からすると、段違いの棚がありがたいが、それも一長一短だろう」

「空間は限られていますから、工夫するしかありません」

話すことは同じで、充たされてゆく時間を愉しんでいながら、互いの庭へ大きく足を踏み入

れないところが分別であり偽善でもあった。女の先行きに関心もあれば責任も感じている光岡は、ふと曖昧な関係を修正するときがきているのかと思った。涼子は漆工として成功するか、結婚して幸せになるべきであったし、彼は彼で楽な生き方はやめて、佳品のひとつくらいは書かなければならない歳であった。けれども、長いときをかけて養生した間柄をあっさり捨てる性根もないのだった。

「兄は熱心にいろいろ考えていますが、漆工に限らず、なにかを作る人に商売は向かないような気がします」

そのとき涼子が言い、まったくだと彼は思った。小説の執筆も作る人のそれに似ているからであった。違うとすれば同じものは作れないということであろう。

次の朝、涼子が仕事へ出かけてゆくと、光岡は文机に作家を広げて書くべきことを整理した。執筆は二章目の冒頭部分で頓挫していて、早く切り抜けたいという気持ちであった。

朝方の旅館は物音が絶えないが、集中すると聞こえなくなる。思いつく文章を書いては直し、さらにふさわしい表現を探すのが彼のやり方で、訂正文であふれる原稿は自分しか読めないものになってゆく。これでよいとなれば、それを清書するのだったが、一枚の原稿を仕上げるのに半日かかることもあった。

その日も駄文がつづいたが、なんとかしたいという衝迫が勝《まさ》って投げ出すことはしなかった。駄文を駄文で洗う先に求める文章が待っていることがよくある。珍しく挫折の予感は兆していなかった。

しばらくして女中が部屋を直しにくると気が散ったが、彼は机の前を動かなかった。ざっと片づくのを待って訊いてみた。

「ひとつ教えてくれないか、このあたりの冬はどんなだろう」

「一、二月が寒いです、雪は降りますが、大雪になるのはまれです、どちらかというと冬枯れの感じでしょうか」

「なるほど、すると暮らしは変わらないね」

「やっぱり縮みますよ、同じことをしていたって景色が淋しいですからねえ」

「例えばどんなふうに」

女中は膝をついてから答えた。

「からっと晴れる日は別ですが、洗濯物を干すにしても気が乗りませんし、半日後に冷えた洗濯物を取り込むのも嫌な気分です、冬を待ち焦がれる女はいないでしょうね」

光岡はよい言葉だと思い、原稿用紙の裏に書き留めてから、礼を言った。

「手がすいたら、コーヒーをもらえるかな」

そう言って帰すと、待つほどもなく女中がコーヒーを運んできたので、また礼を言った。気の利く人で、一口のチョコレート菓子がついていた。

執筆に戻って小一時間もしたころ、今度はメールがきて、東京の佳枝からであった。

「第三ビルのダクトに不具合が見つかり、補修とクリーニングに千六百万円ほどかかります、どういたしましょう」

光岡はすぐに返信した。古いビルほど資材や技術も古く、一棟また一棟と老朽化がすすんでいるのだった。

「ダクト内の画像を送ってくれ、それから決める、日が経つのが早いな、変わりないか」

まもなく返事がきて、

「画像は数日中に送ります、こちらは変わりありません、達也が数社から内定をもらって卒論にかかりきりです、帰ったら見てやってください、お気をつけて」

そんな文面に触れると、ぷつんと集中力が切れてしまい、気散じに部屋の中を歩きまわったりしたが、元には戻らなかった。次へつながる数行がその朝の成果であった。

あきらめて外出することにして車に乗ると、彼はまたブドウ畑へ向かった。どこかでもう取り入れがはじまっているかもしれなかった。収穫の作業を見たいと思うのは、その喜びを感覚的に味わいたいからで、見たところで人間がよくなるわけではないが、そこは作家の目であった。

窓をあけて車を走らせていると、心なしか秋の気配が感じられたが、ブドウ畑はそのままで収穫ははじまっていなかった。準備はしているとみえて、遠くにプラスティックの籠らしいものが積んである。晴天の道端に佇み、広大な畑を突き抜ける農道の先にも見える空を眺めながら、光岡はしばらくぼんやりした。短編を書き上げたら東京へ帰るつもりでいたが、原稿だけ送って、気のすむまで滞在してもよいような気になっていた。雨の秋から冬へ向かう東京の暗さはいっそう息苦しいからであった。といって決別することもできない。

「君はなんの心配もなくていいねえ」

と嫌みたらしく揶揄《やゆ》したのは子供のころから知る人で、高校の同窓会でのことであった。卒業から三十余年も経てば人生はさまざまで、苦労を知らない人の方が少ないような顔触れであった。もっとも苦労の直中《ただなか》にいる人は欠席するので、出席者はましな方かもしれない。代々の資産家で今も大森に暮らす光岡の境遇は知られていて、そんな中に立つと泰然として見えるらしかった。

「枝豆か小海老の空揚げか、ビールの摘まみで悩むことがある、内実はそんなものさ」

光岡はわざと言い、彼らを笑わせた。実際そうした感覚はあるのだが、なにが節約と散財を分けるのか自分でも分からないところがあった。ためらうことなくポルシェを買うときの大胆さと、蕎麦屋で笊《ざる》か盛りにするか迷うときの小胆さはうまく説明がつかない。大事が絡むかどうかの違いなら、小事こそ逡巡《しゅんじゅん》の必要などないはずだが、年を取ってもそういう癖は変わらなかった。

「俺はまず味噌か塩で悩むね、貧乏性が抜けなくて困るよ」

君はなんの心配もなくていいねえと言った男が、傍目には成功しながら、現状に飽き足りない自分を下げて見せるのと似ているかもしれない。しかし蕎麦屋に他人の目はないのだった。そのときの男が印象に残っているのは嫌いなタイプだからで、つまりは自分であった。資産家といっても親の遺産で食べる生活と平穏な家庭があるきりだが、瓦全《がぜん》はけっこう居心地がよく、不健全な精神を除けば同世代の男たちより健康で自由であった。それだけのことに過ぎない。

「小説にもああいう男が要《い》るな」

そう思いついたことがドライブの収穫となって、書ける気がしてくると、帰る道は車を急がせた。

その日は思いがけない報がつづいて、涼子が急を知らせてきたのは午後も遅い時間のことであった。

「京都の大学で学んでいる姪が倒れて病院へ運ばれました、大事はないようですが、兄夫婦が京都へ向かったので私は留守番です、落ち着くまでそちらへ伺えなくなりました」

「分かった、こっちは適当にやるから、大事を構いなさい」

光岡にも大事ができていたが、果して夕食は淋しいものになった。けれどもそのあと原稿に向かうと、思いのほか筆がすすんで、彼は集中した。すらすらと文章の生まれるときの快感を味わうのは久しぶりのことで、駄文にも佳くなる可能性を感じる。言葉が言葉を継いでゆくのがおもしろい。一息ついたときには夜半であったが、筆を置くのが惜しくてつづけた。半徹夜の作業を終えると、疲れていながら爽快な気分になった。

浅い眠りの中でも文章を考え、忘れないうちに起きようと念じていたせいか、早く目覚めて、推敲をしていると女中がきたので、彼は機嫌よく声をかけた。

「今日は早いね」

「はい、お天気のせいでしょうか、みなさま早く出立したものですから」

「天気で違うかね」

「そんなこともあります、からっと晴れていれば出かけたくなるのが人情でしょうし、曇っていると二の足を踏みます」

「雨の日はどうなる」

「極端ですねえ、ここにいてもしょうがないという人と、雨の中を出かけたくないという人がおります、ところでお食事はどうなさいますか」

朝食の時間はとうに過ぎていたので、女中は喫茶コーナーをすすめにきたのだった。それで光岡は空腹を思い出したほどであった。

「着替えてから行ってみよう、あなた方は一日中働いているようだが、朝も早いの」

「毎朝、六時にはきています、もっと早い人もいます、途中で休みますけど」

「大変な仕事だね、気力がいるね」

「気力の前に体力ですねえ」

女中は笑って下がっていった。
二、三日熱心に執筆して、その間に東京の件も片づけると、彼は奈良井へ出かけた。通りの人影は少なくなっていたが、漆器店を覗くと、涼子がふたり連れの客の応対をしているところであった。
「いらっしゃいませ」

目が合うと、彼女はそう挨拶した。店は奥まで静かで、主人夫婦はまだ帰っていないらしかった。涼子は疲れているのか、口紅ばかりが目立った。客が帰るのを待って気を抜いた女は肩で吐息をつきながら、

「一年も経った気がします、焼肉食べたい」

とふざけた。

「今夜にでもゆくかい」

光岡は調子を合わせたが、ゆけるはずがない。

「夜には京都から電話があるので店を空けられません、固定電話にかけてくるので、いないと不都合なことになります」

「君はずっと泊まり込みか」

「ええ、でも明日には兄が帰る予定です、姪は無事ですが、義姉《あね》はしばらく向こうにいることになりそうです」

「あと少しだな、涎掛《よだれか》けをつけて待っていよう、その前に漆器をいくつかもらおうか」

店主の留守中に売り上げが伸びれば涼子の評価にもなるかと思い、光岡はいくつか求めて東京へ送ってもらうことにした。さっと選んだのは、すぐにでも使える盆や菓子皿であった。

涼子が茶を淹れてくれて、ふたりは小さな事務室で話した。奥に作業場が見えるが、明かりは落としてある。光岡が内暖簾をくぐるのは初めてのことで、涼子の生活に侵入したような心地がした。

「ネット社会とは別世界だね、私はこっちの方が好きだが、スマホで生きる世代には縁のない景色だろう」

「漆工の娘に生まれていなかったら私も同じだと思います、便利な淋しい時代になりました」

「ひとりでも分かる人がいてくれたら、なんてのも淋しい、なんとかしたいね」

光岡は作業場の規模から手職の限界を思い合わせたが、よいものは三畳の空間でも生まれるのだった。執筆もそうであった。

「エレキギターがあるね」

「はい、特注で、これから塗ります」

「そういう人もいるのか、おもしろい」

「有名なロックバンドの人だそうです、傷だらけですが、大切なギターなのでしょう」

兄の仕事だと言って、淋しげな笑いを浮かべる女を見ると、光岡は才能と仕事の嚙み合わない人の不幸を感じた。数物や従来の器ではない、恐ろしくも新しい仕事が彼女には必要であった。

「君には情熱を傾ける仕事が足りないね、工芸展に出品するという合子は本道には違いないが小さい、なにかもっと大きな相手を見つけるべきだな」

「そうかもしれません、でも、この生活でこの世界ですから」

あきらめているような口ぶりであったから、光岡はもどかしく思った。そういう性質だからやってこられたと思う一方で、漆工の彼女には羽撃《はばた》いてほしかった。

昼近くなっていたので、光岡が弁当を買いにゆき、ふたりは昼食をともにした。事務室の机で使う弁当は味気ないが、どこか新鮮でもある。そうしていると、男でも女でもない仲間のような気がしてくるから不思議であった。食事はそれなりに愉しく、おかしな縁を確かめ合うことにもなった。

食事のあとまたお茶をもらって、光岡は店をあとにした。別れしなに涼子が、二、三日中に行けると思います、と言った声が耳に残って、帰る道は年甲斐もなく浮かれた。なんどりと構えていながら、いろいろ充たしてくれる貴重な人であった。車は気持ちを乗せて疾走していった。

その夜、彼は執筆にのめり込んでゆき、手こずりながらも夜更けにはひとつの章を終わらせた。若い女を書いても彼の筆は時代に媚《こ》びない。今日日《きょうび》の女性にもさまざまな人がいて、そばには涼子という見本がいるし、今の女性はこうだと決めつけてかかる権威を意識することもなかった。時代人の典型というものがあるとしても、その風潮に染まらない人も多く、そちらの方に小説の魅力でもある他者を強く感じるからであった。その夜は筆がそういう壺に嵌《は》まって、思い描いた通りの実を結ぶことになった。

もっとも執筆が捗《はかど》るほど別れが近づくという皮肉が待っているのだったが、書ければ心は軽くなった。高地の夜がよいのは思考が冴えることで、書けるときに彼はさらに筆をすすめた。完成が見えてきたとき、もし帰りたくなかったら、最後の数行を残して筆を置けばよいことであった。利き足を鍛えていればなんとかなるという思いが子供のころからあって、生きていれば生まれる矛盾の抗体になっていた。

ひたぶるに文章と向き合い、三日を暮らした夕方、涼子がやってくると、彼の心は正直に安らいだ。

「明日はお休みです、ポルシェを見にゆきましょうか」

と彼女の声も明るかった。

急に涼しくなって、夕暮れが早く感じられるのは夏がゆくせいであろう。丹前に着替えて湯に浸かってから食堂へゆくと、客はまばらでひっそりとしている。すいていても彼らの席は同じであった。

「今夜はゆっくり飲んでのんびりしよう、私も少々疲れた」

「小説は捗りましたか」

「まああといったところだ、文筆の成果はあてにならない」

彼らはビールをもらい、久しぶりに宿の定番料理を味わった。実家より外の世界に落ち着くようになった女は湯上がりのせいか、顔色もよく、おっとりして見える。彼女は京都で起きていることを話した。

「姪は退院してもう動けるのですが、アパートがひどいらしいのです、生活が乱れていたらしく、義姉がそちらの面倒もみています」

「羽を伸ばしすぎたのかな」

「そのようです、今が最も自由なときでしょうから、分からないではありません」

「姪御さんは大学でなにを学んでいる」

「造形美術です」

「ほう、するとやはり蛙の子ということになるな、朝比奈家は素直な蛙がつづくね」

涼子は苦笑して、視野を広げる前に未来を決めるからでしょうと言った。選択肢の少ない暮らしに田舎の子は馴れているし、まして跡継ぎの必要な家職《かしょく》を見て育てば考えないわけにゆかないという。

光岡は親と同じ人生を選ぶ子の多いことを憂う方で、人間が未熟なうちの決断を肯定しかねるのだった。もっとも親に経済的な余裕がなければ、子は一も二もなく働かなければならない。親の職業に理想も幻滅も見ながら、身近な世界に取り込まれてゆく。それは涼子にも起きたことであろうが、歳月に洗われた今は別の気持ちでいるように思われた。

「婭御さんも漆を塗るのか」

「はい、小さいときからやってますから」

「じゃあ奈良井の店を継ぐのだろうね」

「そうなると思います」

「そのとき君はどうする」

「お払い箱になったら、行商でもしますわ」

彼女は言った。

冗談とも本気ともつかない口調であったから、光岡は突然そう遠くない未来に待ち受けている女の岐路を覗き見たような気がした。

「もし困るようなことになったら手を貸すから、自分の工房を持ちなさい」

彼は本気でそう言っていた。

「そんな夢が叶ったら、売れない物ばかり作りそうです」

「それでもいいさ、思い切りやって野垂れ死にする、そんな生き方もある、原野にブドウ畑を作った連中もそれなりの覚悟はしていただろう、ちょっとした風向きの違いで自殺という結末もあったかもしれない」

「そこまで考えなければいけませんか、ちょっと怖い気がします」

「すまない、今のは失言だ、ちょうどそんなことを書いていたところでね、つい口が滑った、まあ今日の気持ちが言わせた戯言《たわごと》だと思ってくれ、私はときどき自分が嫌になる、それも最高の気分のときになるから始末が悪い、厄介な人間は自覚しているが、脱皮する手立てを知らない、意気地のない常識家というやつだろうな」

光岡ははぐらかしたが、そんなところが自分の正体かもしれなかった。

話題を変えて愉しくやりながらも、涼子の危うい前途が光岡の脳裡に残った。生まれ合わせた境遇を生きるしかないのが人間としても、涼子はそれで終わってはならない、そう強く思うのは魅力的な一個の人間に対する彼の愛情であった。人が聞いたら、金持ちの道楽さと笑うかもしれない。しかし個を見る目もなしに笑うことこそ不遜であろう。

涼子はゆっくり飲んで食べながら、思いつくままに話していた。

「芸術家ならともかく、職人が生活感情から解放されることはないでしょう」

「微妙だな、芸術は広い、今風の言い方をするなら君は工芸作家だろう、漆工と生活は切り離せないが、創作に専念する間は忘れられる」

「言葉ではそういうことになりますが、私の場合、創作は下絵も入れて月に数日のことです、そもそも自分を作家だと思ったことはありません、液状の漆を見れば本能的に生活がよぎりますし、父もそうして生きて終わりました」

いつであったたか、漆に殺されると言った女が思い出されて、光岡は消沈し、また反発もした。綺麗事ではすまない生活の壁が芸術家にもあるはずだが、突き破らなければ触れようのないものもあるのだった。

「芸術家にはなれそうにありませんが、こうしている間に私は個性を磨かれている気がします、あなたのお蔭です」

彼女は取って付けたように言って笑い、少しは役に立っているのかと彼は苦笑した。蔬菜《そさい》の炊き込み御飯をもらうと夕食も終わりであった。つづきは床の中で話すのがよく、そのまま互いを感じながら寝てしまうのもよいような気になっていた。

しばらくして食堂を出ると、がらんとしたロビーに私服の女中がいて、湯をもらって帰るところらしかった。軽く会釈を交わして部屋へ戻りながら、光岡はそのときになって涼子と同じ年ごろかと思った。女中は地味な服装が哀しく見えたが、帰る家には子供が待つに違いなかった。そう思わせるものが涼子にはないことも哀しく思われ、つい手を取ると案外な力が返ってきたので、却ってあてどない女を感じることになった。

東京へ帰る日の午後、光岡は塩尻駅で涼子を待ったが、列車の発車時刻になっても彼女は現れなかった。仕方なく乗った車両の席から高い空を眺めているとメールがきて、ごめんなさい、二分足りませんでしたと詫びてきた。前夜に別れはすませていたものの、駅には駅の別れがあるので、やはり淋しい気がした。

帰り着いた東京は秋の気配が遠く、冷気に馴れた身にはまだ暑いくらいであった。若い達也は半袖シャツで過ごしていたし、街の人波も秋の装いというには軽装であった。光岡は空が暗いのが気になったが、家政婦が漆塗りの盆を使っているのを見ると、いくらか気が晴れた。佳枝がどこかに仕舞い込んでいなくてよかったと思うのは、小言を言わずにすむからであった。

「書類が溜まっています、あとで目を通していただけますか、大事な順に重ねてありますので上の方から」

妻は妻なりにひと夏の自由を謳歌したとみえて、心なしか身のこなしまでが軽快であった。帰宅して一夜明けた朝方、光岡とコーヒーを飲みながら、親戚に法事があって気持ちを包んだことと、小商いをしている実弟に少額の融資をしたことを告げて後ろめたさから自身を解放した。寝坊の達也はそうした話の外にいることが多く、その分成長の遅い若さを生きている。人間的な損失に気づかない若さがもどかしくもあり、

「卒論ねえ、親に相談することか」

光岡は返事を用意していた。

しばらく雑用に追われたあと、小説の原稿を出版社へ送ると、まもなく担当の木村から連絡がきて、こちらは明るい話になった。

「佳いものを頂戴しました、十二月号の掲載になりますので、近いうちにゲラを送らせていただきます、あと一、二編で本にできますが、調子はいかがでしょう」

「今回もやっと書き終えたところでね、そう立て続けには書けんよ」

「ではお待ちしましょう、寒くなる前に一杯どうです」

「そうだな、久しぶりにやるとするか」

そんなことが小さな張り合いになって、東京の日々は重たいなりに流れていった。

秋めいてくると雨の日がつづいて、美しい秋晴れが待たれたが、異常気象のせいか、なかなかやってこなかった。それでなくても東京の空は狭くてどんよりしている。光岡はそれが嫌で清浄な空気を求めるのだったが、いくら待ってもないところにはないと分かってもいた。彼の欲する空気は気体であると同時に情趣でもあるところが厄介であった。

常習の気鬱《きうつ》を宥《なだ》めながら過ごしていた雨の日、やくざな道を選んで久しく行方の知れなかっ

た叔父が、釜石で病没したという知らせが飛び込んできた。親戚筋の微《かす》かな縁を伝ってきた訃報は、肝硬変、情婦の家、極貧といった最期場を告げて空虚であったから、光岡はああ終わったのかと思うだけで、なんら特別な感情も抱かなかった。彼が幼少のときに縁の切れた人で、記憶も薄く、狂的な家系を思うばかりであった。それでいて恐ろしくもなるのだった。

「墓はあるのだろうか」

と彼は思ったりもしたが、結局はほったらかしにして関わらなかった。冷徹と親身のあわいで揺れる自身の精神も病であった。人って分かりませんねえ、と言った佳枝の感想が彼の実感でもあった。

そのことがあって苦手な季節がいっそう暗くなると、彼は涼子の明るさにすがった。離れると滅多に連絡を取らない仲だが、電話一本で通じ合うのも彼らであった。

「合子にとりかかったか」

光岡は気持ちとは別の話題を選んで、女の声と言葉に期待した。

「まだ下地の段階ですが、佳いものができそうです、そちらはどうですか」

「鬱々としている、ポルシェはきたか」

「はい、怖いくらい風を切ります」

「夏が待ち遠しいな」

「終わったばかりです、落丁の日捲《ひめく》りを送りましょうか」

彼女は茶化した。しかし、それだけの会話が光岡を癒やして、その日は気分よく過ごせた。夜にはあてもなく文章を綴りはじめた。

そろそろ信州は紅葉という季節に東京では就職の内定式が盛んで、達也が出かけてゆくと、光岡は佳枝を相手に嘆息した。

「内定式とはあきれる、内々と公の区別もつかなくなったか」

「そういう時代のようです」

「気象ばかりか、社会も異常だな」

複数の企業から内々定をもらい、内定式で安堵し、入社式で夢を見ながら、入社後、現実に失望してあっさり退職する。甘い人生だと思った。むしろそうした王道から弾き出された若者の反撃に魅力を感じる彼は、工夫次第で成り上がれる時代であることを異端児らのために喜んだ。

達也が就職先に選んだのは情報技術の分野で膨れ上がる一方の大企業で、親と違う道をゆくのはよしとしても、本も読まない男が情報の世界で一体なにをするのかと皮肉になった。

「まあ、やってみるさ」

と思い、達也にもそのままを伝えた。

佳枝は喜んで、ご馳走をこしらえた。

鬼門の冬がくると、光岡は気晴らしに近所のバーへ通って、無愛想な女主人を笑わせることに努めた。そんなことが一日を乗り切るための日課になるのだから、書くものは底が知れていた。

「ひょっとして、ママは紐付きか」

「この商売で、はい、そうです、と答える人はいないでしょうね」

「つまり、そういう厄介な人生か」

「はい、そうです」

早い時間の客は彼ひとりで、カウンター越しの会話にも内輪の近しさが漂う。化粧を差し引いてもエレガントな女に男運がなかったとは思えず、笑顔の安売りをしないだけに紆余曲折は推し量るまでもなかった。

「腹の底から笑ったこともあるだろう」

「もちろん、あります、ラジオを聞いていたって笑いますし」

「客の話はラジオよりつまらないか」

「ラジオはそうやってほじくり返しませんから、聞きたくなければ切れます」

「ソルティドッグをくれ、それとオリーブのピクルス」

光岡は売り上げに協力するために注文した。対話劇の一幕を愉しむための席料のようなものであった。女主人はシェイカーも振るが、カクテルはあまり出ないので腕を振るう機会が少ない。光岡は手際のよい美しい所作に女の苦労を重ねて、妖しいものに眺めた。

「巧《うま》いもんだね、どこで覚えた」

「バーに決まっています」

「ひょっとして外国か」

「外国はハワイしか知りません」

「夏に塩尻に行ってね、名産のワインをたらふく飲んできた、美味いから数本置いてみないか、売れ残るようなら私が飲むから」

「承知しました」

無駄な、そうした時間が彼には持病の薬であった。ほんの小さな欠けらであれ、他人の人生に触れることで自分を見つめ直せるからであろう。〝こしかけ〟という店名や内装の趣味のよさから、彼はかつて花柳界にいた人を思い合わせたが、訊いてどうなるものでもなかった。はい、そうです、と言われても信じるかどうかは別であった。

「この商売ではなかなか思い切った旅行はできないね」

「はい、人に任せるわけにもゆきませんし」

「どこか行ってみたいところはあるの」

「パリとアンコールワットと道後温泉」

「ばらばらだね、道後温泉ならつきあえるかもしれない、のんびりキャンピングカーでゆくのはどう、もっとのんびりしたいなら軽トラという手もある」

彼女は唇だけで笑った。それも珍しいことであったから、光岡は調子に乗って、街から街へ名物料理を拾ってゆくのはどうかなどと話した。

「おもしろいことを考えますね、愉しそうですけど、実現できる確率は二パーセントといったところかしら」

「九十八パーセントの夢を見るのも悪くないと思うが、遊べないか」

「女は夢だけでは生きてゆけません、私のような女はまず二パーセントの部分に意識がゆきます、そこからあるかなしかのメリットを算出するのです、つまらないでしょう」

彼女はいつもの顔に戻って言った。先の見えてしまう生活や歳のせいもあるかもしれないという。分からないではないが、女もいろいろさ、と光岡は思いながら、いくらか歩み寄れた気がした。

酒でつながる会話は遊びであり、ときに真実でもあった。女主人の無愛想は洗練されていて、見識家ぶった恥知らずや、小市民ぶったごうつくばりのそれより上品であった。光岡は友人面をした礼儀知らずを少なからず知っているが、情誼《じょうぎ》の面でも女主人の方が厚い気がするのだった。そうした直感的な観察を重ねることで、彼自身は作家の部分を生きていた。いつかはこの妖しい女を書けるだろうと自信していながら、その自信にはまだ具体的な構想が伴っていなかった。

ぽつぽつと客が入りはじめて繁盛の時間に向かうころ、アルバイトの若い女性が現れると、光岡はウイスキーを一杯だけもらって店を出た。最後の一杯はホステスの女性への気遣いで、顔を見せた途端に帰っては彼女に悪い気がするのだった。ドアを開けて、彼のあとから見送りに出てきた女は娘のような歳であったが、躾けられているらしく、

「いつもありがとうございます、寒くなりましたから、気をつけてお帰りください」

と腰をかがめて言った。

「またくる、ママを頼むよ」

ある晩、いつものように家路に着いてまもなく、なんの前触れもなく嫌な動悸がはじまり、わけの分からない不安に襲われると、ああ、またきたか、と光岡は観念した。肌寒いのに熱っぽく、もやもやとして息苦しい。経験から、そうした発作を宥《なだ》めるには歩きつづけるしかないと分かっていたので、彼はそうしたが、じきに舗道の片隅にうずくまってしまった。心臓も足腰の力も覚束《おぼつか》なく、立てば倒れそうであった。

どうにか息を継いでいると、通りがかりの婦人が救急車を呼んでくれて、彼は近くの病院へ運ばれたが、意識はあるので年来の神経症の仕業だろう、と救急隊員や病院の看護師に伝えた。けれども医師の診断は腎炎ということであった。神経ではなく内臓の病と知ると彼は却って気が楽になったが、退屈な治療の日々が待っていた。

佳枝が飛んできて、入院の手続きをした。

「体温と血圧が正常になるまで、しばらく安静ということです」

そう聞くと、今度は本当の神経症が首をもたげてきた。安静こそ苦痛であった。涼子に知らせてもはじまらないと思うと、たちまち塩尻も遠くなるように思われた。

次の日から毎日通ってくるようになった佳枝があれこれ世話を焼くのを見ると、

「もういいから、早く帰りなさい」

彼も毎日そう繰り返した。

逃げ場のない病院での薬物治療は半月で済んだものの、その後の検査と再発防止のための節制を余儀なくされて、その冬はのんべんだらりと過ごすしかなかった。原因の細菌は駆逐したので駆けまわってもよさそうなものだが、再発も考えられるから、と医師は放恣《ほうし》な生活を戒めた。

「よいお医者さまです」

と佳枝は信頼していた。

「再発したらまた厄介になるさ、死ぬような病ではない」

光岡はそう言いながら、神経の不安から解放されていなかったので、しょうことなく家業や調べ事に月日を費やした。けれども春がくると陽に当たり、萎《な》えた足を鍛えて、またバーへ通いはじめた。夕方のささやかな飲酒が細菌や疾患を招くとは思えなかったし、縮んだ神経を遊ばせる方が先であった。久しぶりの〝こしかけ〟は少しも変わったところがなく、女主人も相変わらずの愛想であった。

「どちらさまかと思いました」

「ちょっと病気をしてね、道後温泉の夢を見すぎたよ」

「塩尻のワインが待ち惚けです」

「では、それをもらおう、赤がいい、それとチェイサー、水を飲むように医者に言われてね」

「かしこまりました」

女が美しく見えるのはそんなときで、光岡はワインを待つ間も目をあてていた。欲念がないと言えば嘘になるが、胸を騒がすほどのものでもなく、そうしていると気分がよいというくらいの興奮でしかない。神経はそういうものでも休まると知ってから、意識して探すこともあったが、本当はゆくりなく現れてくれるのがよかった。概して男は勝手な生き物で、自分の生き方を正当化する理屈を編み出して生きているようなものだが、彼の場合、神経の問題があるので、その凡俗な自信と喜びが至福になったり、悩ましいことになったりするのかもしれなかった。だから、そのときの心身の都合で面倒を流したりもするのだった。

「いいグラスだ、趣味がいいね、ベニスから取り寄せたか」

病後の身で冗談もないものだが、口からはそんな言葉が出ていた。笑うかわりに女主人は目を細めた。

「器は大事です、ときには中身より」

「同感だね、その意気で一杯だけつきあってくれないか、飲むふりをするだけでもいいから」

「そんな淋しいことはできません、快気祝いということなら」

そう言って、珍しく女がつきあってくれると、光岡はたわいなく気をよくして、きてよかったと思った。女が美しいのは使う言葉のせいでもあった。

「ところで漆器に興味はあるかい」

「漆塗りはよいです、ほっとしますね」

「知り合いに漆工がいて佳いものを作る、快気祝いにひとつプレゼントしよう、なにがいい」

ふっと湧いた男の気持ちであったが、唐突な申し出を怪しむ女は少考してから答えた。

「急に言われても困りますが、小鉢なんか重宝しますね、でも本物は値が張りますでしょう」

「下地のよいものは百年使えるからね、見かけだけの紛《まが》い物《もの》とは塗りも違う、よし、それにしよう、しばらく時間をもらうよ」

「よろしいのですか、そんなに簡単に決めてしまって」

「かまわないさ、ただし仕舞い込まずに使ってほしい、年を取ったら水を張って入れ歯を漬けたっていいのだから」

女は笑いそうになったが、人前での破顔は禁忌とみえて、さっと目を逸らした。光岡の目に、それは厄介な女を自覚する女が、密かに自身を戒めているように見えてならなかった。彼は自分の馬鹿げた発想におかしくなりながら、いつか本当にそんな日がくるかもしれないと思った。予期しない病は老化を警告しにきたのかもしれず、もしそうなら、だらだらした人生を修正するときかもしれなかった。不意にそんな気がした。

「半分だけ信じてお待ちします」

女主人は言った。

その日はワインを三杯もらって、彼は店を出た。寿美《すみ》という女の名を聞き出したことが収穫で、そんなことが愉快で、帰る道に発作の不安はなかった。

その夜おそく、塩尻に小鉢を五つ発注すると、しばらくして、半年ほどお待ちくださいと返事がきた。造作に注文をつけたせいもあるが、涼子は忙しくしているらしかった。

「食べられているか」

追いかけて訊くと、

「どうにか」

という返事であった。

予定より遅れて貸しビルの改修工事が終わり、達也の就職が本決まりになり、社会へ送り出す支度をしてやって一息つくと、春は凡々と流れていた。急ぐ用事もないかわり、今日明日の用事に困ることもない。

やがて達也が勤めはじめて、朝が騒がしくなったものの、日中の家はひっそりとして家事の音だけが響いた。人と会う約束がない限り光岡は書斎で一日を過ごして、夕方になると家を出る。〝こしかけ〟に顔を出して少々の酒とお喋りを愉しみ、気が向けばあたりを回遊する。生活の乱れというほどの脱線はなく、過労も考えられなかったから、敵は神経だけであった。

彼は卓球ができたので、ときおり変調を予感すると街の卓球場へ出かけていって汗をかいたりした。運動中は不吉な神経を忘れて気分がよかった。終わると、ビールを飲んでリラックスする。夕方なら、そのまま〝こしかけ〟へゆくこともあった。

ところが、あるとき卓球場を出ると、ひどく疲れた気がして急に気分が悪くなった。腎炎が発症したときと似ていると思った。体が熱いのはそのせいかもしれなかった。不安と闘いながら、なんとかタクシーを拾って家に帰ると、出迎えた佳枝がすぐに察して救急車を呼んだ。家政婦の方がうろたえていた。

病院のベッドで医師の顔を見るまで彼は呆気なく死んでしまうことも考えたが、検査結果は尿路の疾患を伴う腎炎の再発であった。

「ちょっとした手術になります」

と医師は告げた。

「この体で卓球とはねえ」

あきれた顔で追い討ちをかけた。

入院は前回より長くなると聞くと、観念するしかなかったが、破目を外したわけではないので悔いが残った。気の休らう夏はすぐそこであった。

その日から彼のまわりは白い壁と白いリネンと白衣とで塞がれていった。佳枝に言って本と筆記用具と漆塗りの盆を持ってこさせたが、景色はさして変わらなかった。病室は窓のカーテンまで白く、清潔というより殺伐としている。見ることを強いられて、目が疲れるのだった。

手術が済んで二、三日もした夜、達也が顔をみせて、

「とうさんは楽ちんだなあ」

と言った。会社勤めが辛いらしく、見るからに精彩がなかった。少しは現実を知ったのだろうが、病の親に見せる顔ではない。親子の間にもある義理を感じると、光岡は帰って早く休むように促した。その数日後には編集者の木村が見舞いにきて、それらしい親身をくだくだしく説明してから、

「本作りですが」

と切り出した。

「好きなようにしてくれ、私はデザインの良し悪しは分からないから」

光岡は不機嫌を隠してそう言った。編集者には自己満足のための本作りがあって、どのみち彼の思う美しい本にはならないからであった。いっそのこと涼子に作らせたら深いものになるだろうと思う。だが、それを主張するには作家としての実績も論法も貧弱すぎるのだった。そうして兎《と》にも角《かく》にも久しぶりに本が出ることになると、病室にいながらそちらの作業に忙しく

なり、体の都合もあって塩尻には行きそびれることになった。目先の日々は軌道修正どころか人それぞれの思惑に揺さぶられて白々と流れるままであったが、いったん目をつぶると彼はそこから脱走する夢ばかり見ていた。

東京を発つときには二年の空白が案じられたが、車中であれこれ思うのも徒労に思われ、光岡はいっとき本を読み、いっとき寝てしまった。会えばなるようになるだろう、と浅い眠りの中でも思った。

うたた寝から覚めると、石和《いさわ》温泉のあたりらしいことが景色で分かった。行楽シーズンには間がある初夏のことで、乗客はまばらであった。近場への出張らしい会社員風の男や女連れや東京からの帰りらしい高齢の夫婦が席を離れて座っている。自分はなにに見えるだろうかと考え、瘋癲《ふうてん》だなと自答すると、当たっているだけにおかしかった。酒を飲むには早い時間であったが、彼は缶ビールをあけてちびちびやった。これから佳い人に会うための精進落としのような酒であった。

在来の列車は速くも遅くもなく景色を見せて走り、窓外には手入れのしようのない小山の青葉が目立った。富士山よりもそういうものに落ち着く彼は、ちょうどよい季節だと思った。運がよければブドウの花を見られるかもしれなかった。

去年、涼子の合子が工芸展で大きな賞を射止め、彼は小さな文学賞を受賞していた。空白にもそれなりの成果があって、女は工芸界に名を刻み、男は活字の芸術作品をひとつ増やして抑制も学んだ。今夜は二年分の老化を確かめ合いながら、その話をすることになるに違いなかった。

やがて諏訪湖が見えてくると、彼は帰ってきたような気になり東京を忘れていった。万一のときの薬を用意してきてみると体は軽く感じられ、塩尻の宿はなにも変わっていなかった。まだ午後の早い時間であったから、彼はまず温泉に浸かることにして浴衣に着替えた。二年前と同じ女中が応対して、我儘な希望を聞いてくれたのはありがたかった。

「夕食の席は静かな壁際がよろしゅうございますね」

と女中は心を配った。

光岡も心づけを忘れなかった。

温泉はどんな効用があるのか知れなかったが、湯加減が彼の好みで、長いこと浸かっていられた。そんな時間にも中年の客がふたりいて、骨休めの一日らしく、盛んにゴルフの話などをしていた。どこでも聞ける技術論であった。

光岡はゴルフをしないが、これほど愛好する民族はほかにいないのではないかと思うほど日本の男たちは熱心であったから、却《かえ》って興が失せて斜《はす》に眺めてきたようなところがある。男同士の最も無難な社交手段であることにも、なぜかしら逆らいたい気持ちであった。そんなところも光岡家のひねくれた血筋かもしれなかった。

湯上がりの気儘さで売店を覗くと、こちらは客もなく、若い女性店員が土産物を並べ替えたりしていた。松本の銘菓まで置いてあるのが意外であったが、夜にでも食べてみようかと思い、ひと箱もらうと、店員のおべんちゃらがまた上等であった。訊いてもいないのに親戚が松本にいてサブレを焼いているなどと喋るので、なんとなく風情であった。

「人間の名花は松本より塩尻のようだね」

「まあ、ご冗談ばっかり」

真に受けて耳朶《みみたぶ》を赤くするほど、女は純情であった。東京で同じことを言ったらどうなるか。光岡の脳裡に〝こしかけ〟がよぎったが、すぐに涼子が取って代わった。

部屋に戻ると、青葉の林が見えて清々しかった。彼は時間潰しにテレビをつけてみたが、すぐに消してしまった。風を入れて、ぼんやりしている方がましであった。書きかけの小説があったが、涼子に会うまでなにもする気になれなかった。

彼女がやってきたのは陽の薄くなるころであった。粧《めか》してきたとみえて、心なしかほっそりした以外は変わっていなかった。髪は夏向きに短く、ネックレスも変わらない。一段と清楚な印象であった。

「お待たせしました、出遅れてポルシェを飛ばしてきました」

久しぶりの挨拶は高揚の感じられないものであったが、光岡は気の置けなさにほっとした。

「おいで」

と彼は言い、服の上から肉づきを確かめると見た目ほど痩せていなかったので、またほっとした。罪深い気がした。

「湯にするか、食事にするか」

「先にお湯をもらいます」

「では私も行こう、脱衣所にロッカーがついた、中の小物入れが洒落てる、女湯はどうかな」

そんなことから塩尻の夏がはじまった。

湯を浴びて、また薄化粧をする女の気持ちが光岡はうれしく、以前よりゆるやかに睦み合えるであろう夜を予感した。

食事どき、彼らはどちらからともなく空白を埋めるお喋りをした。その間の連絡は数回という遠さであったから、互いに細かいことは知らない。光岡は病気のことを知らせなかったし、涼子はいちいち漆工の生活を語らなかった。そんなふうでいながら、縁の結び目だけはしっかりしているらしかった。彼の最初の驚きは、涼子に二人展《ににんてん》の話が持ち上がっていることであった。

「私には工芸会からお話がありましたが、間に商社や法人が入るそうです、二人展は即売会でもあるので数がいります、それもあって今から大忙しです」

「工芸展での受賞がさらに幸運を呼んだわけか」

「そのようです、相手の方も受賞者です」

「それで開催はいつごろ」

「来年の秋です」

「会場は東京か」

「パリです、ホテルかデパートの一隅になりそうです」

思いも寄らない開催地だったので、光岡は複雑な気持ちで受けとめた。喜ばしいことには違いないが、いきなりパリというのは飛躍が過ぎる気がしたのだった。一週間の滞在ではすむまいと思った。

「朝比奈漆器店にとっても大きな商機になりそうだね」

「兄もパリへゆくと言っています、言葉もできないのに向こうでなにをするのでしょう」

「気持ちさ、滅多にないチャンスを見逃すわけにはゆかない、分かるね」

「一緒に行けませんか」

涼子はうれしいことを言ったが、光岡は考えなければならなかった。

「それは諸事情とご相談だな、お兄さんがゆくなら私が同行するのはまずいだろう」

「だったら兄に断念してもらいます」

「そうもゆくまい、彼にとっても一生に一度のパリかもしれない」

光岡はそう思ったし、かわりに自分が行ってもできることはないだろうと思った。忙しい女を見守って、名所を巡るでもなく、カフェで夜を待つのが落ちであろう。暗そうなパリの秋も不安であった。

「考える時間はある、結論を急ぐのはよそう、それにしてもパリとはねえ」

「フランスのシェフは日本の食材はもちろん包丁や食器にも関心が高いそうです、彼らの希望を聞けたら、新しいものが生まれるかもしれません、そんな期待もあります」

「よい潮流には違いない、この際いろいろ試してみたらいいさ」

光岡はおざなりでなくそう言った。涼子が漆工として飛躍するなら、協力は惜しまないつもりであった。ただし、顧客にはなれても発想や技巧の面で支えることはできそうになかった。それのできるのは同業者でしかないだろう。

「違うか」

「そうね」

と涼子は自身にうなずいてから、二人展の相棒になる男が輪島から訪ねてきたことがあると話した。彼女より若いのにいかにも職人といった風貌の男で、奈良井の漆器と涼子の仕事を確かめにきたのだという。あれこれ話し込んだ末、いずれ彼女も輪島へゆくことになったが、その暇がないのが目下の悩みだと言って光岡を見た。

「輪島なら一緒に行ってもいい、沈金《ちんきん》の芸を見るのも勉強だろう、ポルシェを飛ばしてみるか」

「行くだけでも半日かかります、一泊は覚悟しないといけません」

「君の休みに合わせる、朝早く発てばポルシェなら日帰りも可能だろう」

「先方の都合もありますが、考えてみます」

涼子がその気になってゆくと、光岡も愉しい旅を思い巡らした。晴天なら、ポルシェの空間は爽快なはずであった。

追加のワインをもらうと、彼女はそれも飲んで、いつになく戯《おど》けるうちに顔色をなくしていった。心身が疲れているときに敢えてする乱暴な飲みっぷりに思われたが、分かるだけに光岡は黙って見ていた。そうして自身を解放することは彼にもあることであった。間の抜けたタイミングで、

「そちらはどうですか」

と彼女は訊いた。

「君ほどのビッグニュースはない、なんとか本を一冊出したというくらいだ、毎年のことではないから実りは感じるものの、さっぱり反響がなくてね、編集者も苦心した甲斐がないだろう」

「でもまた次を目指す、二人三脚のお仕事はいいですねえ」

いくらか酔った口調で言った。

「そう言えば聞こえはいいが、擦った揉んだしてなんとか出版に漕ぎつける、お互い、腹の底じゃあ悪態をついているわけだが、いないと困るというのが本音だろう」

「孤高の作家が言うことですか」

「それがまた訳知りが貼るレッテルというやつでね、本人はまずこれっぽっちも思っちゃいない、作家なんてのは自分勝手に書けばいいものだから、当然出来不出来がある、書くことも世評も運否天賦《うんぷてんぷ》というのが実際さ」

光岡は調子が出てきて、もうしばらくそうしていたかったが、涼子の顔色を見ると早く休ませた方がいいように思った。

「まあ、君の仕事とは下地からして違う、だいたいろくでもない人間が書いているわけだから」

「そんなふうには思えませんけど」

「そう思わせるのが作家でね、人間はくだらないのが多い、今日はこれくらいにして、そろそろゆくか」

「ええ、なんだかくたびれました、歳のせいかしら」

久しぶりに会っていながら、そんなことを口にする女を見たことがなかったので、彼は少しばかり驚いていた。体ごと認め合ってきた歳月が急に怪しくなるようであった。

部屋に戻ると床が延べてあって、涼子は真綿に誘われるように体を休めたが、彼はしばらく起きていた。女を休ませることにも喜びがあって、眺めは悪くない。けれども列車に揺られてやってきて、しみじみ見入るのは淋しいことでもあった。

小さな明かりをひとつふたつ残して彼は部屋を暗くし、やがて自分も眠りについた。横向きに寝ている涼子の背に身をつけて、手を握ったり、腹に手をまわしたりするのが癖であった。起こさないようにそっと乳房を温めてやることもある。朝にはどちらがどちらを抱いているのか分からない格好になってしまうが、そうした優しさは涼子も知っているのだった。

その夜は旅の疲れもあってほどよく眠れたが、夜中にうつらうつらしながら、彼は片手が涼子の火戸《ほと》に触れているのに気づいた。無意識にしていたことであった。しかしそう気づくと目覚めて、こっそりたわやかな感触を愉しまずにいられなかった。涼子は軽い寝息を立てていたが、やがてそうした情もなしに澹々《たんたん》としてくるのが分かった。

一週間ほど光岡は長編小説の構想を練りながら、ぶらぶらして過ごした。ざっと資料に目を通すのに四日、登場人物の名前と生活を決めるのに二日という具合で、大雑把に物語をつめてゆく。難関は書き出しで、これはどう頑張っても書けないときは書けない。三日ほど潰して自己嫌悪になりかけたとき、あさって輪島へゆけますか、と涼子が訊いてきた。

「ちょうどいい、腐っていたところだ」

「では先方にそう伝えます、詳しいことはのちほど」

その声は弾んで、すぐにでもやってきそうであった。

夕方、食事の席に着くと、

「時間が許すなら、山瀬《やませ》さんが沈金を見せてくれるそうです」

と涼子は興奮気味に話した。輪島に残る蒔絵の技法で、彼女も工程を実見したことがないのだった。

「奈良井の漆器は実用の美ですが、輪島のものは装飾的です」

「いい勉強になりそうだな」

「ええ、きっと」

そういうときの彼女は目を光らせて、遠足の日を待つ子供のようであった。心が灯ると夜も大胆になった。

次の晩、光岡は女中に頼んで朝食用のおにぎりを作ってもらい、暁闇《ぎょうあん》にはそれを食べて身支度をした。涼子がポルシェのトランクに野宿できるほどいろいろ詰め込んでいたので、遠出につきものの不安はなく、空も晴れそうであった。

「飛ばすよ、スピード違反で捕まったら、親の死に目だと言おう」

「すぐばれてしまうわ、私が急病人になるのはどうかしら」

朝まだき、ふたりは光岡の運転で輪島へ向かった。滞在は三時間と決めて、その日のうちに帰る予定であった。塩尻から三県を跨いで日本海へ出る旅路は楽とは言えない。だがポルシェの走りはさすがで、道があくと彼は飛ばした。五時間の道のりを四時間にすることにさしたる意味などないが、目指したくなる車であった。

「飛ばしすぎよ、怖いわ」

涼子が言い、光岡は当然だと思った。およそ女の運転にはどこかに臆病が出るものだが、彼は車の運転となるとなにも怖れなかった。目は視界のすべてを捉えて、瞬時の判断を繰り返してゆく。そう易々とはゆかない創作の憂さ晴らしのようなものであった。

稜線の美しい飛騨高地をしばらく走ったところで、彼は雑貨店の店先に車を駐めて、涼子を休ませた。

「山瀬さんというのは話しやすい人かな」

「ええ、とっても、飾らない人ですから」

「じゃあ、こっちもそんなふうでいいね、人に気を遣うのは久しぶりだ」

手洗いを借りて余計な買物をしてから、気になっていたことを話すと、

「同乗者にも気を遣ってください」

涼子は半ば本気で言った。けれども高速道はポルシェの独擅場《どくせんじょう》であったから、彼はやはり飛ばした。それでいて彼も涼子も初めての景色を愉しみ、前方の車に目をそそいだ。

「このあたりも空気がいいねえ」

光岡は窓外の清気を感じ取っていたが、窓を少し下ろすと、味わうどころか車の音とともに飛び散ってゆくのだった。

運転中の彼は無口になるので、かわりに涼子があれこれ話した。プロのカメラマンがきて二人展用の写真を撮られたことや、大学を卒業した姪が帰ってきて兄夫婦が明るくなったことなどであった。若い女がひとりいるだけで店も華やぐという。

「若さには敵《かな》いませんけど、私もあんなときがあっての今ですから負けられません」

「いずれ姪御さんもそうなる、君の今は輪島で目を洗うことだろう」

光岡はハンドルを握って適当に答えていたが、あとになって涼子の気持ちを考えることになった。

車が富山県に入ると日本海に近づいた気がしたが、輪島はさらに先の能登半島の奥にある。あたりは国定公園であるから、美しい眺めに出会えるだろう。

輪島に着いたのは商店が玄関先を清めるころであった。思っていたよりも古風な街並みで、瓦屋根と鎧《よろい》張《ば》りの木造家屋が目についた。通りをゆるゆるとすすんでゆくと、漆器店はいくらもあって、どれも古めかしい構えである。棗《なつめ》専門のひっそりした佇まいの店もあれば、ようこそ観光客さまといったふうのけばけばしい店もある。

涼子が看板を探してゆくと、岩佐《いわさ》工芸店は目抜き通りから外れた横町にあった。店先の道路に男が立っていて、それが山瀬秀夫《ひでお》であった。涼子が声をあげるより早く光岡は気づいて、せっかちな男だと思った。

車を駐めて降りると、山瀬が寄ってきて挨拶した。

「そろそろかと思いましたが、早く着きましたね」

「この人が飛ばすものですから」

涼子は笑顔で答えながら、

「友人の光岡さんです」

と紹介した。

「すごい車ですね」

「私はただの運転手です」

光岡はふざけたが、薄い笑いで躱《かわ》された瞬間、肌の合わない男を感じて、

「専門的なお話があるでしょうから、私は失礼してこの辺をぶらぶらしています」

そう言っていた。

山瀬にむずかしい男を見たのは直感でしかない。彼にしても邪魔な人間を見たに違いなく、印象の悪さはお互いさまという気がした。長い運転で疲れていたこともあって、光岡は自由を選んだ。

「お茶だけでもどうですか」

「せっかくきたのですから」

と涼子も引きとめたが、その気になれなかった。

仕事着の男に案内されて涼子が工房へ入ってゆくと、光岡は喫茶店を探して休んだ。それか

ら歩いて漆器店を巡ってみた。

店に入ってまず思うのは加飾の明るさであった。照明もまぶしい。漆工の技巧は疑うまでもないが、彼には色彩がうるさく感じられて、目が疲れる空間であった。こういうものを家庭で使うだろうかと考え、飾り棚に置いて眺めるか、来客用に仕舞い込むのではないかと思った。

手に取れる漆器はどれも堅牢な造りで塗りがよく、蒔絵は鮮やかであった。金粉を埋め込む沈金は滑らかな肌を見せて美しい。けれども、それらがごっそりあると、なんのための加飾かと捻《ひね》くれた疑問を抱くことにもなった。並んでいる漆器の大半は食器である。加飾した箸もある。食卓を想像すると、料理が霞んでしまう強さであった。一席限りの料亭か高級旅館の食卓ならよいかもしれない、そんな気がした。

輪島塗の歴史も漆工の思い入れも知らない彼は気儘に吟味しているだけであったが、それが普通人の感覚であり、ほしくなるかどうかで良し悪しを決めてゆくにすぎない。しかしそこでも気になるのが涼子の漆芸で、強く装飾的な輪島に対し、奈良井は薄い檜《ひのき》の曲輪《まげわ》をよく使い、加飾は少ない。溢れる衝迫を糊塗する貴《あて》を涼子の作品に見てきたせいか、そちらに肩入れしたくなってしまう。曲輪造りは輪島の店にも見えるが、どこか違う気がするのはそのあたりであろうかと思った。

二軒、三軒とまわる間に、これはよいと思うものを彼は鑑賞用に買い求め、ほかは無視することになった。小説の読者にも、他者の世界を読んでいながら、自分と同類の人間ではないというだけで許せないという人がいる。知らない世界に分け入りながら、自身の生きようを絶対化して毛嫌いする。まったく無駄な読書だと思うが、それと同じことかもしれなかった。そんなふうだから、

「お客さん、佳いものをご存じですねえ」

などと言われると、こっそり汗を掻くのであった。

また喫茶店で一休みしながら思うのは二人展のことであった。パリでは対照的な漆芸が競うことになるはずであった。涼子と山瀬もおそらく対照的な漆工であろう。フランス人の目を愉しませるのは山瀬の漆芸であろうが、求めるとしたら涼子の漆器ではないかという気がした。買い手が一流のシェフなら料理の引き立つ食器を選び、一品を演出するときに限って輪島塗を使うということも考えられた。もっとも二人展が成功するかどうかはふたりの意気込みとは別のことで、フランス人の目もそう甘くはないはずであった。光岡は日本に暮らすフランス人の女性をひとり知っているが、まず理屈と質問に困ることのない饒舌家であったから、二人展の会場もそんな人たちでにぎわうのだろうと想像した。

小腹がすいたので彼はサンドイッチをもらって、しばらく通りを眺めて過ごした。車が流れるのはどこも同じだが、歩く人は東京の方が多く、旅行者の目にはせっかくの街並みが淋しげであった。彼は今日は休みと決めて小説のことを忘れていたが、そうしている間にも涼子はなにかを摑んでいるに違いなかった。来る途中の車の中で、あんなときがあっての今と言った女

は、大きな川へ出てゆくときを知るのかもしれなかった。パリの秋は近いという気がした。

気配りのほどよいウェイトレスに手頃な土産物を教えてもらって喫茶店を出ると、彼は孤独であった。旅先で孤独を味わうことなどついぞなかったのだが、自分ひとりがうらぶれている気がしてならなかった。好きで着古したポロシャツの両手に漆器店の大きな袋を提げているせいかもしれなかったが、加飾の街に嫌われた気がしないでもなかった。

涼子が奈良井への手土産にできる菓子折と弁当を求めて車へ戻ると、ちょうど昼どきで、工房のささやかな庭に煙草を吸う男たちの姿が見られた。少し遅れて出てきた山瀬と涼子はもう打ち解けたようすで、歩きながらも山瀬がなにか熱心に話しかけている。車のところまでくると、涼子が興奮気味に言った。

「工程の一部しか見られませんでしたが、素晴らしい技術です、見蕩《みと》れました」

「それはよかった、朝早く出てきた甲斐があったらしい」

「朝比奈さんは飲み込みが早いです、ひと月もいたらお株を奪われるかもしれません」

「まさか、一年でも無理でしょう、でも創作の手がかりはたっぷりいただきました」

「怖いなあ、こっちには朝比奈さんの発想が見えてこない、それなのにいろいろ盗まれた気がする、不思議な人です」

そう言ったあと山瀬が食事に誘ったが、

「明るいうちに塩尻に戻りたいので」

と光岡は断った。七割方は本心で、残りは相手によって表情を使い分ける男に対する嫌悪であったかもしれない。

「次は是非ゆっくりと見てください、伝統の技には先人の工夫が詰まっていますから、百年を一日で見るようなものです、ここではこうするのかと知るだけでもいいですよ」

山瀬は未練がましく言い、涼子の手になにかにぎらせるとお別れであった。

「本当にお世話になりました、パリでお会いしましょう」

再訪する時間のない涼子は、あわただしい別れを次の愉しみにすり替えた。それぞれに準備に追われる月日がすでにはじまっているのだった。

涼子を乗せて車を走らせると光岡はほっとして、弁当があるから、どこかで海でも見ながら食べようと話した。ふたりきりのランチなら十五分ですむだろう。涼子はうなずくだけで、工房で過ごした時間を反芻《はんすう》しているふうであった。高速道を飛ばして半島の海岸線に出ると、光岡は浜辺に車を駐めて弁当を広げた。日本海は明るく、茫洋として深い色をしている。贅沢な眺めだが、冬はそこに立つだけでもつらいかもしれない。島国に暮らしていることを思い出すのもそんなときであった。

「腹ぺこだろう、これでなんとか塩尻まで持たせてくれ、夜の酒が愉しみだ」

「あなたも疲れたでしょう、ありがとう」

「ところで、なにをもらった」

「輪島の地の粉《こ》です、木地に粘土を塗るなんて考えたこともありませんでした」

「ところ変わればなんとかだな」

「蒔絵も自分のものにできたら、新しいものができそうです」

気持ちが光芒を曳いているらしく、涼子は職人の思考をつづけていた。

「二、三点、参考になりそうなものを買っておいた、身近に置いて眺めていればなにか思いつくかもしれない」

「今日、二人展の会場がはっきり見えてきました、山瀬さんの技巧を向こうにまわしてなにができるか、改めて考えなければなりません、パリで惨めな思いはしたくありません」

彼女は言った。

「塗りには塗りの美がある、奈良井の漆器は軽くて使いやすい、自信していいと思うね」

「もちろん、でも相手はパリですから」

彼女は曲輪の弁当箱《メンパ》を即売品の目玉にするつもりで、小判型をはじめ円形ものも量産していると話した。メンパには蓋がつきものなので、美しい料理を隠して出すこともできるし、レストランなら客は驚くだろう。来場者は豊かな人たちとは限らないので、価格も輪島塗より抑えられるのがよかった。

「山瀬さんには内緒です」

「彼も君の手の内は読んでいるだろう、それぞれの持ち味で勝負したらいいさ、決戦の審判はフランス人なのだから」

「知恵を貸してください」

「私より塩尻のワイン農家の人に訊いてみてはどうか、フランス人と同じことをしているわけだから、どんな形状の器が便利か知っているだろう」

「そうでした、なぜ思いつかなかったのでしょう」

「結局、敵は自分だよ、客を忘れて芸術品を並べてもはじまらない、そういう二人展になるような気がするな」

光岡は思いつくままを言ったまでであったが、案外、的を射ているような気がした。食事がすむと、長い道のりを思って彼らは出発した。

「長野に入ったら私が運転しましょうか」

「いや、運転中に考え事をされても困る、早く帰ってゆっくりしよう」

豊かな旅の時間を惜しむより、宿に休らう時間を光岡は目指していた。ポルシェは快調に走りつづけて県境を越えてゆく。来たときと逆になる眺めはそれなりに新鮮であったが、山瀬という好敵手を得た涼子は前だけを見つめて、もう景色を見ていなかった。これからしばらくはその話がつづくだろうと予感しながら、彼は彼でうっすらと色変わりしてきた行く手の危うさを見ていた。

若葉に隠れるように集まり、蜂や蝶に訴えかけるでもなく、ときに黄ばんで見える白い花が、その実から想像するより小さなことに期待を削がれながら、光岡はこれが自然の理かと感心もした。大きな花からひとつの大きな実を結ぶ木とブドウの花容《かよう》が違うのは、その実の形状からして腑に落ちることであった。もっとも、たぶんそういうことだろうと思う程度の観察にすぎない。作家の目でよくそうした観察をするものの、これは書くと決めなければ突きつめて調べることはしないので、曖昧な知識のまま終わることが多かった。その流れで、自身の風袋《ふうたい》と正味も怪しいのかもしれない。

「そんなふうでよく人を書けますね」

そう言ったのは編集者であったが、世の中にはそんなふうな人が多いので、小説では正解になるのだった。彼は赤い人、彼女は白い人と分別《ぶんべつ》できるくらいなら、人間を観察する必要もないだろう。

日中ひとりで過ごす彼には自由がたっぷりあって、興味に気晴らしを足して桔梗ヶ原へきてみると、運よくブドウ畑は満開の季節であった。農家は病虫害の予防に追われる時期とみえて、なにかを散布している姿が遠くに見られた。道端から眺める花は葉陰のせいかしょんぼりとして見えてならなかったが、仄《ほの》かな香りが豊饒《ほうじょう》を約束しているように思われた。年々の養分を吸収しながら、人の助けを借りて、時季がくればたわわな実を結ぶのであった。

レンタカーの助手席に宿の弁当を乗せてやってきた彼は少し早い昼食を摂りながら、美しい空の青さに憩った。厄介な執筆とは別世界の清々《すがすが》しさである。そうして気を変え、持ち前の毒気を消してゆくほかに日を明るくする術《すべ》はないように思われた。幸いなことに東京を発ってから腎炎は影をひそめて、ちくりともしなかった。

気休めに等しい木陰でメンパの弁当を使う姿は、まったく風来坊であった。店番を姪に代わってもらった涼子は檜の薄板を曲げてメンパを造り、漆を塗ることに忙しく、今日も誘ってみたが、手があかないという返事であった。来年のパリに向けて走りはじめた女は生き生きとして、会えば朗らかに語らい、夜は光岡の腕の中でぐっすり休んだ。そんな女も夜も今の流れの中にあった。

その晩、彼はブドウ畑から高ボッチ高原へまわって眼下に諏訪湖を眺めたことを話した。富士に向かって立つと、あの大きな湖が池のように見えるのだった。湖畔の街並みはまるで小物細工であった。

「絵に描くと嘘になりそうな眺めでね、日本はまだ美しいと思った」

「もう何年も行っていません、目先の生活ばかり見て、そんな気持ちのゆとりもありませんでした、想像力も衰えますね」

「よいものを見て感覚を磨くことを忘れると我々の仕事はだめだろうね、古典や伝統にすがりついていれば安全だが、新しいものはできない」

「本当にそうです」

「今が正念場だね、なにかできそうか」

涼子はにやりとして、もう試作していると話した。

「輪島の漆芸はよい教師でした、真似て敵うものでもありませんから、兄と相談して黒漆で花を描くことにしました、花は一輪のみで沈金とは逆に盛り上げます、試作品はよい感じに仕上がりました」

「それはいい、照明で見せることもできるだろう、残念だがブドウの花は無理だな」

「一輪では淋しい花です、構図を磨く時間もありません」

「実用の美を忘れるな、ロックンローラーのギターも実用品だ、朝比奈涼子の漆芸はそれでいいと思う、そこに新しい美を生むことができたら、君の芸術ということになる」

「途方もない道のりですねえ」

彼女は今の心境を口にした。

これまで生活を助けられ縛られもしてきた世間の錠が外れて、急に視野がひらけたのであろう。東京の工芸展を遠くに見ながら、数年に一度の自主制作を張り合いにしてきた女が、大きな目標を得て飛び立とうとしているのを光岡は快く思いながら、忙しい体を案じもした。塗りで独自の世界を生めるかどうか、それは彼女にもまだ分からないことであった。

「ポルシェを塗ってみたらどうだろう、うまくいったらパリの会場の入口に置く、いいデモンストレーションになる」

「とんでもないことを考えますね」

「それが商売でね」

「新作もとんでもない物語ですか」

「いや、とんでもない頭でまともな話を考えている、頭がそんなふうだから簡単にはゆかない」

「いつも乗り越えてきました、今度もきっと書けます」

さりげなく相手を思う夕べはそれなりに意味があって、快く酔ってゆきながら彼らは真剣でもあった。まったりした時間を愉しめるのは中年の男と女の馴れで、歳月が濾過《ろか》した信頼には言葉にできないものが含まれているのだった。光岡はそれもいつか言葉にしてみたいと考えていた。

「メンパの底を深くしてはどうかな、見たところ彼らはよく食べる、たぶんフランス人もそうだろう」

「目に優しい、どか弁ですね」

愉しい話がつづいて酒を過ごすと、互いに休まなければならないときが訪れる。初夏の夜気は肌ざわりがよく、部屋の寝床にくつろぎながら彼らはしかし話しつづけた。充足と酔いとが体を支配して、会話の中身はだらけてゆく。するうち睡魔に襲われ、言葉を継げなくなるのだったが、やがて眠りの中でも同じ思考をはじめるのであった。

その夏は静かな日がつづいて、東京から急の知らせが入ることもなかった。光岡は息抜きのドライブに出かけるほかは部屋に籠って働いた。小説の執筆は遅々として進まなかったが、構想が次々と湧き出し、それらをまとめるのに忙しかった。そうしていると神経症も腎炎も忘れた。

あるときコーヒーを運んできた女中が、

「お客さんは小説家ですか」

と改めて訊ねた。

「まあ、そんなものだが、珍しいかね」

「原稿用紙が珍しいです」

雑談に飢えていたので、光岡はいっとき相手をした。

「利便優先の時代だから手書きの人は数えるほどになったが、下手でも字を書くのは悪くないよ、とくに小説家はね、女中さんは本を読むのかな」

「はい、外国のものが好きです」

「ほう、たとえばどんな」

「一番は〝赤毛のアン〟です、もう何度も読んでいますが飽きません、カポーティやチェーホフも好きです」

意外な返事に光岡は興味を覚えた。女中という職業の女性に知的な部分を見ないこと自体が失礼なことであったが、不遜《ふそん》はいっぺんに吹き飛んだ。

「モンゴメリの観察眼は素晴らしい、タイトルのせいか女性読者が多いが、男も読むべきだね、しかしなぜ外国の文学に惹かれるのかね、日本にも負けないものはたくさんある」

「同じ人間の物語ですけど、やはり未知の香りがしますから」

「何度も読んでいたら未知の香りも薄れてくる、魅力はそれだけではないだろう」

「私の人生では賄えないもの、そんなものとの出会いが愉しいですね、だって海外旅行すらおいそれとはできませんから」

女中は正直に言った。

「人生は短いからね、どんなに活動的な人でも世界のすべてを知ることはできない、日本に限っても無理だろう、じゃあなにで不足を補うかといえば文学や写真といった芸術ということになる」

「それと音楽、歌詞の意味は分からなくてもいろいろ伝わってきます」

「おもしろいことを言う、家でもご亭主とそんな話をするかね」

「うちの人はだめですねえ、本棚に並んでいる〝赤毛のアン〟を童話か児童書のように思っています、つまり、それを読んでいる私は幼いことになります、深い話はできません」

「彼はなにを読みます」

光岡はにわかに観察者の心境に落ちていった。夫婦は互いを低く見ているのかもしれないと思った。

「新聞だけです、それも事件やスポーツの記事ばかり、会社の同僚や飲み仲間との話題にするのでしょう」

「まったく関心がないよりはいいが、そんなふうだと困るね」

「子供が似てきたので心配です」

「なんでもいいから本を読ませなさい、視野を広げるには結局それが手っ取り早い」

「私も読みますが、こんなふうです」

「消化不良かもしれないね、身になる読み方を覚えると同じ小説の景色が一変する、その意味では読書も技能だろうな」

「気晴らしの読書ではもったいないということですね、私は教養がないので、そんなことすら思いつきませんでした、もう一度〝赤毛のアン〟を読んでみます、それから苦手なドストエフスキーに挑戦してみようかと思います、子供がなにか感じてくれたらいいんですけどねえ」

女中は言うだけ言うと、邪魔をした詫びと礼を述べて立ち上がった。自身にはない考え方を求めて他人と話す人らしく、真摯《しんし》な態度に光岡は好感を覚えた。ひとりになると彼は冷めてしまったコーヒーを飲みながら、けっこう善良な人間ではないかと自分を見直した。その場だけの人に熱意を持って向き合ったのは久しぶりのことであった。

その日、彼は東京の古書店に連絡して、良書の文庫を三十冊ほど送ってくれるように頼んだ。気分のよいついでにしたことだが、懇意の主人がなにを選んでくるかと愉しむ気持ちもあった。彼自身、未読の小説は山ほどあって、その日その日の用事が読書の時間を削ってしまうのは人と違わないのだった。書くことも彼の大いなる用事であるから、のんべんだらりと日を送っているように見えても思考をとめる時間は少なく、人並みに忙しいのであった。

「我々働き蟻から見れば遊楽ですよ、早い話が、いつどこで酒を飲もうと勝手なわけですから」

そう羨む人に、彼は知性を感じたことはない。日々の営みに染まるのは生活者として仕方がないとしても、同じ人間として他者を観察する目を持たないからであった。

数日して小さな段ボール箱が届くと、彼は中身を確かめてから女中に贈った。

「やや難解なものもあるが、惹かれるものから読んでみたらいいでしょう」

「こんな散財をさせてしまって」

女中は恐縮して項《うなじ》を垂れたが、ことさら卑屈するでもなかった。

「この本なんか売ってませんよ、これはまず私が読ませていただきます、息子には無理です」

「そう決めつけたものでもない、子供は子供なりに読みますよ、偉そうな大人の未熟さを見つけたり、自分はやっぱり子供だと自覚したりね、そんなところから大人になってゆく子もいるでしょう」

「親としてはちょっと怖いです」

「文章の世界です、見苦しい人間を知ることになっても早いということはないと思いますね、ところで女中さん、お名前は」

「小谷《こたに》といいます」

「こんなふうにね、知らない世界へ一歩踏み込むわけです、するとなんとなく空気が変わるでしょう、お子さんと本の関係も同じですよ」

光岡が言えるのはそれくらいのことであったが、女中は痛く感じ入って、勉強になります、ありがたいことです、などと言って下がっていった。

たそがれ時に涼子がやってくると、さすがに疲れているようなので、光岡はその話をしなかった。かわりに温燗《ぬるかん》と酒盗《しゅとう》をもらって根を詰めたらしい女をいたわった。宿は混みはじめて、食堂もにぎやかであった。

「疲れたときはこれに限る、よく眠れる」

「ありがとう、いつも気を遣わせて悪いわ」

「今更めいた挨拶だね、それより体は大丈夫か」

「ええ、どうにか、今日はちょっときつかったので一気に疲れが出たというところです」

「いけないね、パリまでは長丁場だからペースを決めた方がいい」

「分かっているのですが、気が急《せ》いて」

「丹精して用意できるものを提示するしかないじゃないか、そもそも誰を相手に勝とうっていうんだ、山瀬さんか、フランス人か、パリという魔物か」

「そう畳みかけないで」

「すまない、つい保護者のような気持ちになってしまった、愚かだな」

短い沈黙を挟んで、彼らは沈下しそうな雰囲気を繕った。光岡は疲労の見える女を励ましたいだけであったし、涼子はただ明日を思うだけなのであった。

「その日できることをしていれば悪い結果にはならないさ、疲れは尾を引く」

「本当にそうですね」

「次の休みはぼんやりしよう、好きなだけ寝て気が向いたら本屋へゆくのはどうだ、なにか役に立つものが見つかるかもしれない」

ふと思いついたことだが、光岡は涼子がパリへ持ってゆく本を探してやるつもりであった。旅客機の中で読んでもいいし、眠れない夜に眺めてもよかった。期間中は山瀬も日本人スタッフもいるし、孤独になることはあるまいと思う。だが、そばにあるだけで安心という本もあるのだった。彼は持病のこともあって、九分九厘パリへは行かないと決めていた。

「愉しそうですね、本屋の帰りに買物をしましょうか、あなたの下着や靴下を買って、私はお洒落な黒いスニーカーを買います」

「パリで履くのか、気が早いな」

「旅馴れていないし、向こうでは動きまわることになると思うから」

「ぼんやりできそうにないな」

彼らは笑いながら、いつになく芯から安らいでいなかった。光岡の記憶にもそんな日が幾度かあって、たいていは体調のせいであったが、お互いに誇張することはしなかった。

それからまもなく休日の買物は実現し、結局ぼんやりしたのは夕方のことであった。涼子は充たされたようだが、次の日にはまた根をつめる日常へ還っていった。

そうして初夏の日は過ぎてゆき、軒下の日陰も暑くなるころ、思いがけない人が旅館に訪ねてきた。約束のない訪問で、女中が気を利かせた。

「朝比奈実《みのる》さんという方がお目にかかりたいそうですが、いかがいたしましょう、お断りになりますか」

涼子の兄であった。

「ひとりかね」

「はい」

「着替えるので、十分ほどしてから通してください、それからなにか飲物を頼みます」

不意討ちに備えながら、光岡はどうしてここが分かったのかと思い巡らした。涼子が口を滑らしたとは思えなかった。

女中の案内でやってきた男は光岡と同年輩で、よい感じに中肉が締まって、暑いのにジャケットを着ていた。座卓を挟んで向き合うと、兄妹はあまり似ていなかった。

「初めまして、奈良井の朝比奈です、いつもご贔屓《ひいき》にしていただき、ありがとうございます、今日は新作のメンパをご覧に入れたくてやってきました、涼子と工夫したものです」

「それは愉しみです、くつろいでください」

光岡は外聞を憚《はばか》る話を予想していたが、相手は漆器店の主人の顔と言葉であった。そのせいか、取っつきにくいという印象はなかった。彼が包みを開ける間に女中が麦湯を運んできたので、光岡はうっすらと汗を掻いている男にすすめた。

「恐れ入ります」

朝比奈は商売人らしく、解いた風呂敷を几帳面に畳んでから顔をあげた。それから麦湯に口をつけたのは訪問者の礼儀であったかもしれない。光岡は早く新作を見たかった。

「作家の方に失礼かと思いましたが、ほかに思いつきませんで」

小さな木箱をあけて、朝比奈が差し出したのは漆塗りの矢立《やたて》であった。加飾のない矢立はすっきりとして光沢が美しい。

「まだこんなものがありましたか」

光岡は貴重な美術品として眺めた。

「古いものを塗り直しましたが、中の筆は今のものです」

「頂戴してよろしいのですか、私にはもったいない代物です」

「どうぞご遠慮なく、なにかの折に使っていただければこれも本望でしょう」

「しかし、よく私が作家だとご存じですね」

「狭い世間ですから」

「奈良井から離れていますが」

「庭つづきのようなものです、その程度にお考えください」

滑らかな口調が、光岡には用意していた答弁に聞こえた。

やがて卓上に現れたのは通常のものより厚みのあるメンパで、蓋の中央に家紋の梅鉢《うめばち》が描かれていた。どのようにして描いたものか一目では分からないが、黒地に黒い家紋が浮き出ている。光岡は両手で引き寄せて真上から目をあてながら、美しいと思った。軽いメンパに重みを与える意匠であった。

「家紋は一輪の花を描くうちに思いつきました、黒地に黒ですから、複雑なものは描けませんが、幸い家紋にはシンプルな図案があります」

「花でなくてもよいかもしれませんね」

「はい、ただ花からはじめたことですし、制作時間を考えると図案も絞らなければなりません」

朝比奈は涼子が言いそうなことを言い、パリの二人展は自分にとっても恐らく生涯に一度の晴れ舞台だと話した。本当かどうか、今からどきどきしているという。

「家紋にしたことで器に風格が備わりましたね、これなら美醜にうるさいフランス人も気に入るでしょう、弁当箱とは別の使い道を考えるような気がします」

「それはそれで愉しみです、我々職人は決まった使い道のために物を作るので、思考に幅がありません、しかし今回はそこに少し遊びが加わりました、作意の発端は妹の情熱ですが、考えてみれば先人の創意工夫が型を作ってきたわけです、それを思うと私をはじめ朝比奈の職人は臆病だったと気づかされます」

「なんであれ新しいものは批判される運命にあります、批判する者こそ古いのですよ、冒険から新しいものが生まれる、これはいつの時代でもどの分野でも同じでしょう」

「仕事に追われていると、そうしたことも忘れてしまいます」

「たいていの人間はそうですね、しかし涼子さんは違う、なにかを持っている人は異端に見えるものです、私のような変わり者から見るとおもしろい存在ですがね」

「たしかに工芸展に出すものは独創的で新鮮でした、しかしあれは売れません、世間の需要から外れているからです」

「そこがまた古い、例えばこのメンパはパリを意識して編み出したものでしょう、同じことを日本でしてなにが悪いのですか」

「固定観念というか、意匠は別として漆器はこうだというような意識が世間にはありますから」

「それも違うように思います、普通の人はあなた方のように漆器のことを真剣に考えて生きているわけではありません、見ればああいいなあと思うが、自分の生活に必要とは思わない、それが現実でしょう、涼子さんはそこを打開しようとしている、冒険心の根っこからして違いますよ、二人展を引き寄せたのは彼女自身の力です、見る人は見ている、ただ彼らも普通の人ではない、私にはその構図がよく見えます、傍目《おかめ》八目《はちもく》というやつです」

光岡は言い、朝比奈は小首をかしげたものの、反論するというのでもなかった。素人の言葉を嚙み砕いて、まあ一理はあるという顔であった。

新作の秀美を認め合いながら、互いの品定めをする時が流れてゆくと、ふたりは感情を都合の膜に包んで言い合った。

「光岡さんはパリへゆきますか」

「私がどうしてゆきます」

「涼子は期待しているようです、口にはしませんが、分かります」

「私が行ったところで邪魔になるだけでしょう、いつかパリの街を愉しんでみたい気持ちと、二人展は別のことです」

「そうですか、ゆきませんか」

「一年後のことです、気が変わるかもしれません、そのときはこっそり会場に伺いましょう」

これという結論を望めない話から、相手の意を酌むことに努めていたのは光岡だけではないだろう。不躾《ぶしつけ》な訪問を弁《わきま》えている朝比奈は帰るときを計りながら、帰れずにいた。ひとり娘が涼子を真似て工芸展を目指しているなどと話すうちに、彼は不意に切り出した。

「実は私がここにいることを涼子は知りません、今日もメンパに家紋を描いています、いったんはじめると魔物が憑《つ》いたように没入するので、どこへ向かうのか心配です」

「パリに決まっているでしょう」

「今はそうですが、あれも歳です、このまま漆に仕えて終わるようなことになったらかわいそうです、といってなぐさめに走るのもどうかと思います、そのあたりのことが心配でなりません」

彼は訪問の目的に触れたのであった。しかし、あてつけがましく言ったのではなかった。感情を抑えた控えめな言い方に嫌みはなく、相手に決断を迫るといった威勢もそこにはなかった。そういう男を理解しながら、光岡も注意深く応えた。

「涼子さんとはいろいろ話します、漆芸のことはもちろん異国の文化や死生観であったり、身内の方には相談しづらいことなども話したりします、たぶん朝比奈さんが思うより成熟した女性です、経済的にも自立していますし、幼いと感じたことはありません」

「もう昔のことになりますが、あれは結婚に失敗したことがありまして、相性が悪かったのか一年と持ちませんでした、しかし別れるとなるとそれはあっさりしたもので、誰にも心配をかけませんでした、縁談をすすめたのは私ですから、むしろ私の方が後悔したくらいです、妹ながら未だに分からないところがありますが、兄としてはそろそろ平穏な家庭を持たせてやりたいのです」

過去の結婚云々は初耳で光岡は虚を衝かれたが、さして驚きもしなかった。もともと女性の過去にこだわる質《たち》ではなかったし、その年その年の実りを継いできたふたりにとって重要なことでもなかった。朝比奈は言ってしまったことを悔いるように目を伏せて光岡の言葉を待っていた。

「お気持ちは分かりました、しかし私ひとりで決めるわけにもゆきません、今の彼女にはパリがすべてに等しい、若いころとは違う前途が見えてきたところです、水をさすのは今でなくてもよいでしょう、早く東京へ帰れと言うなら、考えます」

朝比奈には満足のゆかない返答であったろう。短い沈黙を経て、彼は最も重たい思いを吐き出した。

「涼子は世間が騒ぐような事柄にはあっさりした態度をとりますが、自身の大事のためには心身を煮詰めてしまうようなところがあります、いつか狂うような気がしてならないのです」

「もしそんなときがきたら私が助けましょう、その手の病の先輩ですから」

光岡が即答すると、朝比奈は眉根をよせてまた黙った。彼にすればそんな言葉を聞くためにわざわざきたわけではなかったが、切り返しようがないらしかった。言葉が尽きると彼は妹が通う部屋を不思議そうに眺め、顔を繕い、まもなく帰っていった。収穫と呼べるものはなかったかもしれない。

光岡はその日、涼子がこないような気がした。忙しいときに兄妹でその話をするとは思えないが、涼子が感じとるかもしれないからであった。どうしようもない泣き言を運んでくる女ではなかった。かわりに一晩で気を変えてくるのが彼女らしいことであった。

午後おそく、光岡は湯に浸かり、もしかしたらいつもと同じ顔でやってくる女を待ちはじめた。結局、朝比奈はどうして宿を知ったのか言わなかったが、世間の目はひっそりとした丘の宿にもあるということだろう。今さら気にしてもはじまらない、と思うのは彼女も同じかもしれなかった。待つうちに酒を飲みたくなって食堂でビールをゆっくりやっていると、しばらくして涼子が現れた。世間を捨てたわけでもあるまいが、洒落っ気のない姿がおかしいほど堂々としている。

「ああ、くたびれた、お昼を菓子パンひとつですませたので、ふらふらです、フライパンくらいあるステーキを食べたい」

彼女は明るく言った。

「メンパくらいにしておけ、薄切りの大蒜《にんにく》をつけてもらうか」

作った笑いの見える光岡はそうした瞬間の女の情に感謝し、またほっとした。お互いに今を照らす明かりがいるのだった。

「先に湯を浴びてきなさい、その方が落ち着く、私はちびちびやっているから」

「急いで入ってきます」

涼子は言い、持っていた小さな包みを椅子に置いて食堂を出ていった。光岡は給仕の女性を呼んで、大きなステーキができるかどうか訊いてみた。

「はい、これくらいのものでしたら」

中年の女中は自分の掌でそれを示した。なんの苦労も知らないような美しい掌だったので、彼はわけもなくちょうどいいだろうと思った。消化のよいマッシュドポテトを付け合わせにもらい、連れが戻ってきたら焼いてくれと頼むと、女中は心得たもので、

「三十分ほどでしょうね」

と言った。

果して三十分ほどして涼子が戻ってきたとき、光岡はもう微酔《ほろよ》い機嫌であったが、さっぱりした顔の女に今日の明かりを見る思いがした。その瞬間に昼間の出来事は遠くなっていった。ビールで乾杯すると、涼子は生き返ったように瞳を光らせながら、

「ここのお湯は疲れがとれます、あなたがいなくなったらどうしましょう」

そう言った。

「ときどき泊まりにくるさ、長丁場の作業なんだし、それくらいの余裕がないと息が詰まるだろう」

「暗い冬がきついわ、今年だけきてくださらない」

「まあ、近づいたら体と相談してみよう」

兄と妹の考えることは逆であったから、光岡はおかしく思いながら、その間に立ってしまった気がしたが、やはり涼子の正念場に寄り添ってやりたい気持ちの方が強かった。

「変ねえ、私は具合の悪いあなたを見たことがありません」

「そうなるようにしている、わざわざ見苦しいところを見せる男はいまい、いや中にはいるかもしれないが、私の流儀ではない」

「お蔭で、私はいつもゆったりしていられるわけね」

「私たちの平和は君の性質のお蔭だよ、そうでなければ私はとっくにお払い箱だ」

「それもどうかしら、私にすればあなたの性質のお蔭でこうしていられる気がします」

「そう思ってくれたらありがたい」

彼らはそれぞれの思いのうちで笑った。

ほどなくステーキが運ばれてくると、涼子は本当にひもじかったように忙しく食べていった。釣られて光岡もせっせとナイフを動かしたが、あとが心配でもあった。胃袋は喜ぶものの、弱っている腎臓にステーキは重たいからであった。しかし、心は愉しい夕べを選んで弾んでいた。

「いつから底なしの胃袋になった、もう一枚もらうか」

思いやりであれ皮肉であれ、涼子といて笑えないことは苦痛であった。彼女もそこで休らう人であった。

腹ができると、涼子は包みをあけて黒いポルシェを披露した。漆で美しく仕上げた模型のポルシェであった。

「プレゼントです、パリの会場には小さすぎるので」

「おもしろいことをする、やはりどこか違うな」

光岡はいつかその模型を眺めてひとり笑う日を思い浮かべた。予感というには模糊とした想念であったが、そこへ向かいはじめていることは感じられるのであった。けれども遠くに待つであろう寂寥《せきりょう》を見ながら、ますます深い間柄になってゆくのをおかしいとも思わなかった。

「冬もきてください、パリにも是非きてください」

「ついでにスペインにもゆくか」

「本当にそうできたら、いいでしょうねえ」

脆《もろ》い自由の壁に守られた食堂の片隅で、彼らは囁き合った。そこになんとも言いようのない充足と、すかすかの年輪の危うさとがあった。人生帳簿のつけ方を知らない光岡はいつかくる帳尻の乱れを自覚し、帳簿を読めない涼子は年々の流れに身を任せている。そんなふうでいながら、自ら選んできた人生に禍根を残したくないために、ふたりは今を笑うのかもしれなかった。

「今は張り合いがあっていいけど、パリのあとが怖い気がする、贅沢になったのかしら」

「潤沢な人生に向かっているだけさ、素直に愉しもう、じたばたしてもはじまらない」

光岡はうっすらと色づいてきた涼子の未来を信じたい気持ちから、そう言った。そうして矛盾を孕《はら》んだ休らいを繰り返し、放恣《ほうし》な思いに浸るうち、その夏は意外にも穏やかに流れていった。

秋の終わりに光岡は旅の支度をはじめたものの、体が重く、気分も優れなかった。見苦しい風采で涼子に会うのも憚られ、逡巡するうち、東京の街も冬めいて日に日に暗くなろうとしていた。どうということはないと自分に言い聞かせながら、いつ調子が狂うか知れない神経が心許なかった。

「一度、達也とじっくり話してやってください、私では役に立たないようです」

そんなことを佳枝がしきりに言い、家族がそれぞれに浮かない顔をしていたこともある。達也は突然勤めを辞めてぶらぶらしているだけのことであったが、母親の目に不活発な男は自堕落に映るらしかった。まったく社会を知らない子供でもなし、先のことは自分で考えればいいと光岡は思ったが、それでは親の意味がありませんと佳枝は珍しく食い下がった。

「達也の人生ははじまったばかりだ、家賃のいらない家があり、食うに困らない今、腰を据えて考えるのは悪くない」

「まだ大人の知恵はありません」

「相談事があるなら、自分の口で言うべきだろう、それから考える」

当事者の達也はさっぱり動かなかった。同じ家に暮らしながら、父と子は互いに干渉しない間柄になっていて、それが彼らの選んだ居心地でもあった。達也は若い分だけ反抗的に殻に籠るところがあったが、親がかりの身を弁えてもいる。人並みの忍耐力のなさを認めながら、そこから脱皮する手立てを摑めない自分に苛立ち、事態の方が都合よく好転する夢を見ている。似たような経験が光岡にもあって、ひ弱な男の心中を忖度《そんたく》するのはたやすいことであった。

「おまえが心配するほど、あいつは嫌になるはずだ、しばらく放っておけばいい、馬鹿でなければそのうち自分で結論を出す」

「そんな親子ってありますか」

佳枝は言ったが、普通の人ではない夫も知るのであった。

そうした虚しい遣り取りが却って出立を遅らせる手助けになり、やがて断念に変わってゆくさまはかつて見た光景でもあった。いったんあきらめて自分を楽にしてから、活力を溜めてゆく。光岡が若いころに学んだ蹉跌《さてつ》や案件との闘い方は至極単純だが、時代が変わってもそれなりの効力があった。

涼子になにも伝えないまま冬を迎えた彼はこつこつと執筆をつづけながら、気持ちが乗らない夕べに達也を酒に誘うくらいのことはしてみた。勤めを辞めてから服装もだらしなくなっていたので、今も場末に残る気軽な店へ連れてゆき、煮え切らない腹の底を覗いておこうと考えた。

「へえ、とうさんがこんな店を知っているとはねえ」

煮込みの匂うカウンター席に並ぶと、達也は自宅の台所より狭い店内を見まわして、モノクロ映画に出てきそうだ、おもしろい、と言った。間口が狭いわりに店はそれなりのにぎわいであったが、他人の話に聞き耳を立てる人はいなかった。

「ここは昔からある、懐の淋しい酒飲みにはありがたい店だ、その気になればいろいろ学べる」

「とうさんはなにを学んだ」

「おまえの歳のころなら、邪悪な神のような親を許すことだ、人間の神は本当の苦労も孤独も知らないからな」

「むずかしいことを言う、酒がまずくなりそうだな、僕らの世代にはこうして誰かと酒を飲むのも面倒臭いという奴がいる、それが自由だそうだ、そんな人間ばかりだったら、ここも潰れるね」

「おまえが肩入れするさ」

光岡は腹を立てながら、そう言った。他人の生活苦や懊悩《おうのう》を見ようとしない人間は現実の上っ面だけでもどこかで学ぶべきであったし、自発的にできないようなら、きっかけを与えてやるしかなかった。自分の子だから彼はいっそう気づいてほしかった。なるようになれという気持ちの裏には期待もあるのだった。

「今、なにを考えている」

「処世や女のことさ」

「いいことだ」

彼らは愉しくもない酒をひっかけた。

肩の凝る酒の苦手な、といって無理に笑いたくもない光岡は誘ったことを早くも後悔しはじめたが、懐かしい店の雰囲気は愉しんでいた。大鍋の煮込みを見張っている老人に見覚えがあったし、忙しく働く男女は彼の息子夫婦のようにも見えた。この小さな店を恃《たの》んで生きてきた一家は寧日を知るのだろうかと思った。

気取らずにすむ店に親といるせいか、達也はがっついて乱暴な飲み方をした。摘まみの煮込みに七味を山ほどかけて、健康な胃袋を刺激してゆく。場末にもあるマナーを知らない。場所により態度を変えるのは芯のない人間のすることであったから、光岡は苦々しい思いで見ていた。

「会社でもその伝でやったのか」

「なんのこと」

「学習する前に自分を通すとろくなことにならない」

「そんなことを考える暇もなかったね」

達也は行儀の悪い姿勢のまま答えた。

「大企業といったって下っ端の重労働で持っているようなものさ、給料以上の義理はないから、そこを超えるとやる気も失せる」

「そういう働き方はつまらないだろう」

「つまるもつまらないもないよ、実際体が持たないし、胃が重くなる、たぶんとうさんの若いころとは会社のあり方も違う気がする」

「生まれ合わせた時代を生きるしかないのが人間だよ、しかし見ようによっては、その人の生き方がその人の時代にもなる、人生を愉しみたかったら今のうちに学べ」

「これでもいろいろ学んだつもりだよ、結婚を考えた人がいたが、うまくゆかなかった」

達也はあっさり言ったが、それも会社を辞めた原因のひとつのように聞こえた。形のあるものしか信じられないらしく、無駄金を使ったと洩らした。

「その歳なら、よくあることだ、ストーカーにはなるな」

「なんでも答えを出すのが早いね」

「学習の成果だろうな、私の歳になれば分かる、まず野暮天をやめろ、私が女性なら今のおまえには惚れない」

「きついね」

「親心さ、他人に言われると腹の立つことを言ってやってる」

光岡は若さのだらしない部分を相手にしている気がしたが、大人になるのが遅い男が増えて、歩けば独り善がりか八方美人にぶつかる時代であった。中高年にも骨のある人が少なくなった印象だが、それは彼の世間が狭くなったせいで見えていないだけかもしれなかった。どこかにいるという自信はあった。

酒がすすむと、ふたりはそれなりに砕けて、庭に猫がくるのを知っているかとか、街のラーメンが進化しているとか、どうでもいいような話をした。するうち酔ってきた口調で達也が自分の都合を言い出すと、光岡はまたしらけた。

「ビルを一棟、俺に任せてくれないか」

達也はそう言った。

「家業は継がないはずではなかったか」

「ちょっと考え直した」

「本気なら考えてもいいが、そういうことはしらふのときに言うものだ」

「しらふのときに考えたことだよ、思いつきじゃない」

彼は真面目な顔になって言ったが、酒の力を借りているのは明らかであった。

「言っておくが、ビルは勝手に突っ立っているわけではないぞ、管理するにも資金がいる、その金はどうする」

「賃料を貯めるさ」

「無産の身で甘いな、借金をして、きっちり返してゆくくらいでないとつづかない、まず資金計画を立てろ、金の流れはかあさんに教えてもらえ、それを書類にしろ、どうするかはそれから考えよう」

「分かった」

「本気になるのが遅いぞ」

父と子の酒はそんなところへゆきつき、飲みさしの酒を残してふたりは店を出た。よかったのかどうか達也はうなだれて歩いた。

その日のあと、久しぶりに〝こしかけ〟に顔を出すと、明るい口紅の寿美がひとりぽつねんと立っていた。

「いらっしゃいませ、寒くなりましたね」

「お邪魔だったか、なにか大事な考え事をしていたらしい」

「冬扇《とうせん》ですわ」

彼女は言った。

「おもしろいことを言う」

光岡はにやつきながら、きた甲斐があったと思った。宝庫に仕舞い込んで長く忘れていた言葉と再会したのであった。

「目光《めひかり》がございます、焼きましょうか」

「もらうよ、それと冷えていないビールがいい、摘まみに目光とは珍しいね」

「知人が送ってくれましたの、ひとりでは食べきれないほどあります」

「美味いのに東京では見かけない、私は東北で知ったが、そっちの人かな」

そんな話から互いに力を抜いてゆくと、光岡は我が子といるよりも休らった。神経がどことなく危うく体調も優れなかったが、そこなら倒れてもなんとかなるという安心感があった。寿美になんとなく恃《たの》める人を感じるようになったのはしばらく前のことであった。

中年の恋人らしい客をそっとしておいたり、不愉快な客をさりげなく追い出したりするときの女に器を見たし、不意に親身を見せることもあって正体が知れない。

「今日は調子が出ないわ、光岡さん、もうお帰りなさい」

「こっちは調子がいい」

「青い顔をして言うもんじゃないわ」

そんな日もあった。

その晩の彼はお喋りな客になった。次の客がくるまでのいっとき、寿美を独占し、言いたいことを言う。寿美は今日も客がきたことにほっとするのか、蓋明けの時間に少しばかり柔和な表情を見せることが多かった。

「久しぶりに伜《せがれ》と酒を飲んだが、中身が幼いせいかつまらなくてね、今の男はこんなものかと妙に納得しながら、結局しらけてしまった」

「自分の子はいくつになっても子供でしょうね」

「それはそうだが、苦もなく親を超える子もいる、そのあたりがね」

彼は目光を丸齧《まるかじ》りしながら話した。

「期待するなら、教えたら」

寿美は言った。成長を待つより教えた方が早いという理屈であったが、光岡はそれが嫌いで、つまりは親であることも苦手な人間であった。親の人間性が歪んでいたら、教えられる子はたまらないと思う。自分がそんなふうだから、仲良しの父子もどこかで信じられなかった。

「そもそも中身まで自分と似た子を作っておもしろいかね、気がついたら鳶《とび》の子が鷹《たか》になっていたというのが理想的じゃないか」

「蛙の子は蛙として生きてゆくのが運命でしょう、それでも大きくなれば別の池を見つけるくらいの知恵はつきます、その手助けとなるなら教えることは悪いことではないでしょう」

「紙の上のことならママが正しい、だが人には厄介な感情というものがある」

「そうですね、嫌な関係になっても他人のように、はい、さよならはできないし」

「一杯だけつきあわないか」

「いただきます」

光岡は新しいビールをもらって、寿美の差し出すグラスに注いでやった。そんな瞬間に垣根が低くなるのを感じた。バーの女主人と近しくなったからといって精神が洗われるわけではないが、ひとつの居場所を得た気がするのだった。資産と家族の砦《とりで》より落ち着く場所が、むかしから彼の過敏な神経には必要であった。

「幸せな家庭というのが私には遠くてね、子供が重たい、子供もそういう親を感じるのだろう、自然に距離ができてしまった、ママはそんな苦労とは縁がなさそうだな」

「子供はいませんから」

「ほしいとは思わないのか」

「私の子に生まれてくる子供がかわいそうです、あげるものもないし」

「そんなものかね」

「そんなものです」

あっさり言う女は四、五歳も年上のように思われ、いくつになるのだろうかと光岡は眺めた。するうち客が入ってきたので、彼は密談をあきらめて店を出た。夜は小説のつづきを書くしかない日常であったが、模型の黒いポルシェを眺めて輪島を思い出すこともあった。そうした生活に窒息しそうになりながら、耐えて過ごすことにもなにがしかの意味を見出すように努めた。しかし家は家、冬は冬であった。

年が明けて正月もゆくころ、塩尻から野沢菜の漬物が届くと、

「美味いね、やっぱり本物は違うな」

光岡は自然の色と味を愉しんだ。

宅配便の依頼主は朝比奈漆器店となっていたが、涼子が送ってくれたものであった。向こう

でも冬の再会をあきらめたのであった。

その晩、達也が資金計画を見せて本気を覗かせたので、彼は貸しビルの一棟を任せることにした。経営を学んでゆけば生活には困らないはずだが、見ようによっては情けない若さであった。佳枝は喜んで、達也のために家の中にある事務所を拡張する夢を見はじめた。子供が彼女の未来でもあった。光岡は書斎に籠った。

小用で神田へ出かけたついでに編集者の木村と会ったのは、夜半に降り積もった雪のすっかり消えた日のことであった。待ち合わせたホテルは皇居の濠端にあって、木村の勤め先からも近い。大小のビルがひしめく神田の街並みと皇居のゆったりとした緑との間には営みの隔離があるが、その気になれば歩いてもゆけるのが東京の街である。

「いやあ、こちらが伺うべきところを恐縮です」

冬でも明るい男を見ると新鮮な外気に触れるようで、光岡は憩った。ホテルのバーは開店前であったが、どこでも水に見えるジントニックをもらうのが木村の常であった。コーヒーは飾りに過ぎない。光岡が電話でもすむ用事を告げると、

「資料は急ぎ用意します、一週間もあれば手に入るでしょう」

彼も暢気《のんき》たらしく言った。

「つまらないことですまない」

「こういうことでもないと目にしない代物ですし、私も勉強になります」

「うまいことを言うね」

「口から先に生まれたものですから」

文芸編集の分野でベテランになる彼は博識で顔が広く、その分社会や人を見る目にも癖があって、堅い勤め人とは言うことが違うところがおもしろかった。

「ここだけの話ですが、出張先でいい女に出会いましてね、それが半分玄人のような、半分聖女のような女でして、帰れなくなりました、生きているとああいうこともあるんですねえ」

用事がすむと、そんなことをにやにやしながら話した。

「そうでどうした」

「そりゃあ、三日もつきあえばそうなりますよ」

「たった三日でねえ」

「あとから思えば三時間で十分でしたね」

「また行くことになりそうだな」

「いや、それはないです、一生忘れない人ではありますが、私では幸せにできないと分かっていますから」

木村は微妙な言い方をしたが、人に話すことで自身の結論を確かめているふうでもあった。私では幸せにできないという言葉に光岡は感応し、ある人を思い合わせて、木村は賢明だと思った。しかし、そうした賢《さか》しい生き方が人生帳簿の最終ページに暗い損失を記すようにも思えた。すると、なりゆきに任せて流れてみるのも、あながち愚かとも言えない気がするのだった。

木村は一杯のジントニックを惜しそうに片づけると、コーヒーで匂いを消しながら編集者らしいことを口にした。

「ところで小説はどのあたりまでできていますか」

「だいぶ書けたよ、あと五、六十枚といったところか」

「愉しみです、光岡さんにはいつも驚かされますからね」

「長い長い駄作かもしれないよ、そっちで驚かれても困るがね」

短い雑談のあと、彼らはホテルを出て竹橋《たけばし》のあたりで別れた。数日前の雪が幻に思えるような陽射しだったので、光岡はなんとなく濠端を歩いていった。車道には絶え間なく車が流れているが、濠の向こう側はのどかな静寂である。大きな鯉の見える濠に沿って歩いてゆくと、御苑を眺めて佇む人がいたり、走る人がいたりして、やはりのどかである。彼はコートの前をひらいて陽の温もりを味わいながら、木村がいい日ですね、社に戻るのが嫌になりますよ、と苦笑した顔を思い出していた。そこでも、達也は甘いと思った。

足に任せて北の丸公園に出ると、そこは結構なにぎわいで、武道館へ向かう人群れや芝地に憩う人が眺められた。弁当を広げる家族連れののどけさは春の兆しであった。なにも見ていないような若い男女もいる。どこからやってくるのか、犬を連れた人はマナーがよく、人も犬も幸せそうである。

彼は北の丸公園を抜けたら車を拾うつもりで歩いていたが、その間にも塩尻へ向かう日を思いはじめた。涼子に会ってなにができるか。確かなのは互いの顔に安んじ、パリ行きの支度をすすめることであったが。彼自身もそろそろ心の病と決別しなければならなかった。ひとつの仕事の切りが見えてきた今、鬼門の冬が終わったように感じられるのは幸先と言ってよかった。

高地の春は遅く、寒冷の暗さが案じられたが、きてみると道端に残る雪は少なく空も青かった。もっとも東京の温もりは望めず、たちまち足下から冷気が這い上がってくる。タクシーの窓外には早々と明かりを点す街並みが流れたが、花はどこにも見えない。桜もこれからなのだろうと思っていると、信号待ちの車から民家の庭先が見えて、赤ん坊を背負った女性が洗濯物を取り込んでいる姿が妙に暖かかった。

空が明るいわりに街はひっそりとして、夏に見かける小さな雑踏もなければ、活気を醸す音も聞こえてこない。それでもなにほどかの期待があって、親しい景色は快い方にぼんやりとしている。路傍に紙袋を提げて立っている女を見ると、そんなはずもないのに涼子ではないかと目をやりながら、瞬時に消え去る人の残像を振り返ったりもした。するうち車は林の坂道へ入って、いっそう寒そうな景色の中をのろのろと登っていった。

宿に着くとしかし、顔馴染みの女中が迎えてくれて、なんの説明もいらない気安さであった。案の定、旅館はすいていて、これで商売になるのかと思うほどの閑散ぶりであったが、女中の笑顔ばかりが明るい静かな空間を光岡は好んだ。どうにかやってきたという興奮が胸のうちにあって、まるでひとりの遠足を試みた小学生のような気分であった。

「よいときにいらっしゃいました、内湯も食堂も貸し切り同然でございます」

女中の言葉は笑いを誘った。

「行楽の狭間らしいね」

「さようでございます」

「暇なら、湯につきあってくれないか」

「そうしたいところですが、あいにく焼き餅焼きの亭主がおりまして」

女中はあっさり言ってのけた。読書か思索で消閑したとみえて、人間がひとまわりゆったりしたような挙措であった。

午後の早い時間であったが、光岡は湯に浸かって東京の塵埃《じんあい》を洗い流した。女中が言ったように彼のほかに客はなく、泳げそうな湯量が贅沢であった。涼子がいたら一緒に入れるのにと思い、その体を思い出すのもひとりの贅沢であった。そんなことから東京を消していった。

長湯をして部屋に戻ると、いつでもはじめられるように執筆の準備をしてから、ほかにすることもないので炬燵《こたつ》で資料を読みはじめた。鉄道の車中でも読んできたが、集中できるのはやはり個室の卓であった。懐かしいほど久しぶりの炬燵に落ち着くと、学生のころに親の目を盗んでよくした麻雀を思い出したりもした。学友の下宿先は一間《ひとま》きりで、空調機はなく、冬はジャンパーを着たままするのであった。湯上がりの今はそんな寒さとは無縁だが、外の気温は十度にも届かず、朝晩はまだ零下になるという女中の話であった。資料の小さな文字を追っていると、その女中がサービスだというコーヒーを運んできて、

「夕食はおひとりですか」

と訊ねた。

「ふたりだが、連れは遅れるかもしれない」

「ほかにお客さんもおりませんし、今日はこちらへお出ししましょうか」

「それはありがたいが、飲みはじめたらいつ終わるか分からないよ」

「八時までにお食事だけ片づけていただけたら助かります、追加のお酒と摘まみは用意できますので、あとはおふたりで好きなだけやってください」

「そうかい、じゃあ、そうしてもらおうか」

「お連れさまがみえたら、お湯へゆかれるでしょうから、その間にご用意させていただきます」

女中は勝手に決めて下がっていったが、光岡は悪い気はしなかった。もともと部屋で摂る食事が好みであったし、女中の心配りも好もしかった。塩尻で初めてのコーヒーをもらいながら携帯電話を開いてみたのは、メールが気になるからであった。

「広い湯舟が恋しい、仕事を終えたらすぐ向かいます」

そう涼子から返信がきたのは東京を発ったあとで、なにかと忙しいらしかった。何時ごろに

なるのかと訊くのも憚《はばか》られて、彼は訊ねなかった。それでいてキャンセルを怖れるのだから、腹が据わっているのかどうか自分のことながら怪しかった。

彼女のいない塩尻は信州のひとつの街にすぎない。名産の蕎麦とワインと漆器を味わうだけなら、三日もあればすむのだった。神経を休めるための旅がいつしか逢瀬の旅になって、ぬるま湯の馴れ合いを自覚するところまできている。執筆は長逗留を正当化する理由であり、涼子と長く過ごすための口実でもある。役に立つとも思えない再会と語らいに人生の豊かなときを感じるのは彼の歪んだ性質のためであろうが、涼子も同じかもしれないという思いがなぐさめであった。そうして繰り返す放恣な日々に確固たる意味などもう見当たらなかったが、会えば休らうのが気を許した男と女であった。その流れがパリに向けて蛇行しはじめているのを光岡はうっすらと感じ、うっすらと寒い思いで眺めているしかなかった。

資料の切りのよいところで彼は窓辺に立ってゆき、新芽すら見えない林を眺め、木の間《こま》に覗くく集落を眺めた。市内のどのあたりか分からなかったが、あんな遠くにも生活があるのかと妙にしみじみしながら、葉の茂る夏には見えない人家の存在を不思議な心持ちで眺めた。塩尻には洒落たレストランもあれば高級車を売る店もあって、都会的な景色と木曾路の面影とが混在している。彼は木曾路の面影の方が好きだが、暮らす人は逆かもしれない。宿場の家並みを残す奈良井からパリへ飛び立つ女を思うと、短期間のことであるのに彼女の中に大きな変化が起こるであろうことを予感するのだった。

夕暮れがきてビールを嘗めていると、

「お連れさまがお見えです」

女中が涼子を案内してきた。資料の活字に飽いていたので光岡は嬉しくなりながら、早かったね、と笑顔で迎えた。

「もうくたくたです」

「先に湯を浴びてきなさい、話はそれからゆっくりしよう」

涼子は髪が伸びて、無造作に束ねているのが却って若々しかった。

女中が早々と次の間に床を延べて、炬燵の卓が埋まるほど料理を並べていった。その手際のよさは見ものであった。

「世話をかけるね」

「これくらい朝飯前です、夜中にお腹がすくといけませんから、小さなおにぎりを作っておきましょう」

どこまでも気が利くのであった。

しばらくして涼子が内湯から戻ると、彼らは新しいビールをあけて、どうにか冬の間に叶った再会を祝した。もっとも土地の人がいつから春と呼ぶのか光岡は知らなかった。

「正月にもらった野沢菜は美味しかった、あっという間に食べてしまったよ」

「あれは農家が漬けたものです、昔からの味がしたはずです」

「本物はいいね」

炬燵に向き合うと、たちまちいつものふたりになって、彼らはくつろいだ。湯上がりの女は薄化粧であった。

「もう少し雪があるかと思った」

「今年は少ない方です、寒い日はもうしばらくつづくでしょうが、雪は終わったような気がします、手打ち蕎麦を食べましたか」

「いや、駅からまっすぐここへきた、東京は花の季節だから、寒く感じる、温泉で生き返ったところだよ」

「もう仕事をしたのですか」

涼子は資料や筆記用具の並んだ文机に目をやった。

「鞄から出しただけだ、明日から書く」

「去年の夏に書きはじめた小説ですか」

「いや、あれは終わった、ちょっと新しいことを考えている」

「愉しみです、がんばってください」

彼女は明るく言って、自分から料理に箸をつけていった。卓には紙鍋がふたつ並んでいて、ひとつはしゃぶしゃぶ用で、ひとつは飯事《ままごと》のような寄せ鍋であったが、酒飲みにはほどよい量であった。光岡は煮えた野菜の方から摘まみながら、年を取ったなと思った。

「女中さんが変わったね」

「同じ人だと思いますけど」

「中身が変わった、なんというか昨日より今日の自分を自信している、人はあんなふうに変われるのかと感心してね、君もそろそろだな」

「パリのことなら、なにかは学べるでしょう、でも段々怖くなってきました」

「それが普通だよ、奈良井は変わりないか」

「六月に大きな漆器市があるので兄はその準備もあって大忙しです、終わったらすぐパリですし」

「朝比奈さんもよい時期を迎えたらしい、目標のある人生は実を結ぶ、くだらない文章を書いている私とは張り合いも違うだろう」

光岡は常に自信のないことに挑んでいる無謀さを思って、自嘲した。そのくだらない文章のために頭が破裂しそうになることがあって、傑作は生まれないだろうと大方あきらめていながら、結局はそこを目指すという矛盾を繰り返しているのだった。漆工の仕事を見ていると、明日にでも傑作の生まれる可能性がごろごろしているように思われ、磨かれる一方の技術が羨ましかった。

「くだらないものですか、目の覚めるような文章がたくさんあります」

と涼子は光岡の職業病的な弱点を庇ってくれた。物を生んでゆく人間に共通する部外への関心や敬意が言わせるのだろう。そこに女の情が伸してくると陳腐な励ましになるのだったが、そうしたときの彼女にそれはなかった。

「しゃぶしゃぶ、食べちゃいますよ」

「ああいいよ、どんどん食べなさい、あとからおにぎりもくる」

光岡はそうしていると腹まで満たされる気がした。ビールが美味く、過ごしそうであったが、それもいいだろうと考えた。仕事はどうかと訊くと、なんとか熟《こな》している、今のところ順調だという話であった。

「去年の暮れに山瀬さんが訪ねてきて、新作を見せてくれました、あれで闘志に火がつきました」

「ほう、そんなによいものだったか」

「はい、沈金ではなく螺鈿《らでん》の香合《こうごう》でした、それが恐ろしいほど緻密で、人間業《にんげんわざ》の限界だと思いました」

「美しかったか」

「それはもう言葉にできないほどです、一見流砂に見える螺鈿のひとつひとつが仮名文字なのです、実見しなければ信じられないでしょう」

だが光岡は想像し、涼子の言葉を信じ、山瀬の才能を本物らしいと思った。その想像は作家的想像を呼んで、自身の限界をも見てしまったのではないかとも思った。けれどもそれは見当違いらしく、涼子が言うには着地点を意識しない人だから、次になにをするか知れないということであった。

「彼は根っからの漆工かね」

「漆に関わる前は左官だったそうです、表現を求めて漆芸の世界に飛び込んだと言っていました、とにかく目指す方へ道をつけてしまう人のようです」

「なるほどね、輪島で会ったときにはそんなふうには見えなかったが、そこまで情熱家だったか」

「注目されて当然の人です、私のように家業として身につけてきた職人とは根本的に違いますね、発想がそうですし、埋没を愉しむというのか、そのあたりが」

「視点の違いだろう、たぶん彼は複眼的に物を見ている、そんな気がするな」

あらゆる方向から人や物や時代を見て、美醜を判断し、吸収したものを表現する。それは光岡も同じで、実際に書くときは内からの表出に頼ることが多かった。説明の上をゆく描写も実感から生まれる。山瀬の創造も同じ手法によるもののように思われた。

「螺鈿の香合は沈金よりおとなしく、芸術の匂うものでした、とても敵いません、ですが、おとなしさを突きつめることなら私にもできると思いました」

「それでいい、きっと深いものになる、私はそっちの方が好きだね」

「素直にこんな話ができるのはあなただけです、同業者と話すと、どうしても技術論になってしまいます、山瀬さんに表現者を感じるのは技術を誇らないからですね、完成したものにすべてを語らせる人です」

「そこも小説と同じだ、分析するような読み方はつまらない、そうだろ」

光岡はそう言いながら、想像の域では山瀬という人間を分析しているのだった。そこがやくざな作家らしいことでもあった。

「山瀬さんには隠し球があるようです」

と涼子が言った。

「私には夏までに新しいものを作る余裕がありません、即売会の品数を用意するだけで精一杯ですから」

「二人展を企んだ人は視覚的な対比を考えたはずだ、互いを強調する意味でね、どちらがフランス人の心を摑むか、やってみなければ分からないのは彼らも同じだろう、君が山瀬さんを意識してもはじまらない」

「同業者としてそれは無理です、街の漆器市に商品を並べるのとは次元が違いますし」

「同じだよ、客は気に入ったものを買う、製作者は判定を待つしかない、しかも佳いものが売れるとは限らない」

「工芸展に出品するときの期待と不安が倍加しています、ひとりのときも気が高ぶって困ります」

「のんびりワインでも嘗めるさ、好きな音楽を聴きながらぼうっとするのもいい、大事なんてのは気の持ちようで小事になる、失敗したら蟹でも喰おう」

彼は涼子の気持ちをほぐすために、わざと軽い口調で言った。

ブドウの収穫期に彼女はパリへ飛び立つ予定であった。そのころ自分は塩尻にいないだろうと光岡は思った。出立前の繁忙に小説家は邪魔でしかない。今度の滞在が彼の見送りであった。

あいた食器を下げにきた女中が、

「だいぶ冷えてきました、ここは大丈夫ですね」

と言った。外は急速に気温が下がっているらしかった。まだ宵の口であったが、光岡はおにぎりをもらって、女中を帰してやろうと思った。

「あとは勝手にやるから」

そう言うと、女中はじきにおにぎりを運んできた。吸い物の入った小さな保温器まで用意していた。それで誰もが自由になった。

それからふたりはしばらく飲んで話していたが、夜というには早い時間に抱き合って寝てしまった。

次の朝、涼子の出勤時間が気になって早く目覚めた光岡は、布団の中で縮こまっている女を誘って内湯へいった。涼子は乱れた髪を憚りながらついてきたが、初めての男湯に身を沈める

と、

「ああ、気持ちいい」

割り箸のように揃えた足を伸ばした。髪を洗うとき、ほっそりして見える背中を光岡は流してやった。長くつきあっていながら、そんなことをするのは初めてであった。


光岡にとって異例の塩尻滞在は思いのほかのどかに過ぎていった。小説の執筆は順調に捗り、時間通りに腹もすき、どこかを痛めるようなこともなかった。運動不足にならないように彼は旅館の中をよく歩いたが、気が向くと散歩に出ることもあった。春に向かう街が日毎に明るさを増してゆくのを見るのは快く、花もそろそろだろうという気がした。

涼子は来ては帰り、忙しくしていたが、休日には光岡と蕎麦を食べに出かけたりした。

「誰かに見られてもいいのかい」

「平気です、仕事の打ち合わせだって言います、二人展のことは知れ渡っているし」

「じゃあ、手を繋いで花見にでもゆくか」

ある日、光岡が旅館の部屋に籠って文章を練っていると、昼時というのに涼子がやってきて、パリの会場の見取り図が届いたと興奮気味に話した。図では広く立派な空間に見えるが、実際は二十畳ほどだという。

「これで漠然としていた展示のイメージが具体的になります」

「それはいいが、今日の仕事はいいのか」

「昼休みです」

「だったら飯を喰おう、時間がないな、私が運転するから君は助手席で弁当を使いなさい、奈良井へ着いたら私はタクシーで帰る」

「すいません、つい興奮してしまって」

「話は今夜ゆっくり聞くよ」

その晩、食堂で彼らは見取り図のコピーがくたびれるまで眺めた。涼子はいつよりも真剣な目を据えて、食事は二の次であった。

「黒い飾り棚だね」

「山瀬さんは赤です」

「静謐《せいひつ》と華飾でいいじゃないか、どっちへ転んでもプロデューサーは成功だ、この際、君は思いきり質朴を表現してはどうか」

光岡は部外者の気楽さもあって言いたいことを言ったが、親身に偽りはなかった。二人展が即売会でもあることを思うと、価格の面では涼子が有利であったし、漆器のゆきつく先は家庭であろうから、実用の美は伝わるだろうと考えた。二日使って三日目に再び会場に立つ人もいるだろう。懐と相談してくれたら成功とみてよい。

「器は器だよ、目のための美は山瀬さんに任せて、君は毎日使う弁当箱を売ればいい、そう考えると気が楽になると思うがね」

「異国の二人展には漆器市とは別の重たい意味があります、そこを無視することはできません、質朴を見せるにも工夫がいります」

涼子は言った。

「会場の空間はもう決まった、山瀬さんはなにを考えているだろう」

「彼の作品は棚が赤でも黒でも映えるものです、展示のどこに衆目を引き寄せるかではないでしょうか、愉しい悩みです」

「君も愉しんだらいい、朝比奈涼子の漆芸を披露するしかない」

「簡単に言いますね」

「佳いものに理屈はいらない、繰り返し言ってきたはずだが、まだ怪しいか」

パリを見据える語らいがときに危うい言葉の応酬になるのは、涼子が心許ない早瀬に足を取られるせいであった。

「ワインをもらおうか、一本あける間に妙案が浮かぶかもしれない」

「ごめんなさい、私ひとりのことで」

「愉しもう、昼間の君はどこへいった」

光岡はワインを注文した。食べない涼子のためにパンとチーズももらった。

「たった今思いついたことだが、家紋について短い説明がいるね、名刺のように印刷して来場者が持ち帰れるようにしてはどうだろう、黒い棚なら目立つ」

「素敵ですね、目に浮かびます、紙の色は白が無難でしょうね」

「好きにするさ、薄紅や葉裏色なんかもおもしろいかもしれない、フランス語に訳せる人を知っているか」

「関係者にいると思いますが、デザインは自分で考えたいので印刷も地元がいいでしょうね」

「文面が決まったら、翻訳は私が知人に頼むこともできる、その方が早いような気がするが、どう思う」

「お願いします、文面はすぐに取りかかります、お蔭で会場が見えてきました」

彼女は言い、ようやくほっとした顔を見せた。不安の裏で日に日に心のパリを膨らませてゆく女は、小さな刺激で色変わりする試験紙のようであった。五年前の彼女なら、もっと自然に、もっと大胆に飛躍のときを愉しんだだろうと光岡は思った。

それから幾日もしないうちに桜の花がほころび、名所の並木通りではおもしろい催し物があるらしかったが、ふたりは旅館の庭から春の樹を眺めて花見のかわりにした。涼子は二連休で、庭は陽だまりの時間であった。

「家紋の紹介文はすすんだか」

「十種ほどありますから、間違いのないように確かめています」

「桜はあるか」

「山桜です」

「桜は日本の花として名を馳せたが、花弁の形状まで知る人は少ないだろう、家紋はデザインだが、端的に特徴を伝えてくれる、ありがたいな」

「日の丸の日本にもデザイナーがいたということですね」

「そこを謳《うた》う手もありそうだな」

光岡は思いつくままを言い、やはり思いつくままにこんな日は真剣に本を読むか、飲んだくれて昼寝もいいいのだがなあなどと話した。歩いている庭は雑草ごと刈るだけの芝地で、草の方が早く息衝《いきづ》いていた。

ふたりは広いとも言えない庭をぐるぐるまわるうちに、何周目かであきて、結局ポルシェに乗った。

「ブドウ畑はどうなっているかな」

「まだ蕾《つぼみ》もないと思いますけど」

「高ボッチへ行ってみるか、運がよければ諏訪湖が見える」

「本屋で本を買って、お煎餅も買って、部屋の炬燵に寝そべるのはどうです」

「それにしよう」

ポルシェは光岡が走らせた。

街に出ると、大きな書店で小一時間も過ごし、蕎麦屋で昼をとり、煎餅を買って宿に戻ったふたりは炬燵に下半身を突っ込んで寝そべり、それぞれに本を眺めた。涼子はエッセイのついた写真集をめくり、光岡はこんなときでもなければ読まない若い作家の小説を読みはじめた。炬燵の中では手足が語らい、足首をさすってみたり、膝に膝を乗せたりしてまるで子供であった。光岡が調子に乗って涼子の股間に爪先を持ってゆくと、

「しょうもないことをしないでください」

煎餅が飛んできた。

「そっちはどうだい、おもしろいか」

沈黙を我慢するうち涼子は寝てしまったらしく返事がなかった。それで光岡はまたいたずらをしてみた。小説がひどくつまらないのだった。

女中の休憩時間が終わる二時ごろから客が着きはじめて、にぎやかな夕べになりそうなのが廊下の気配で分かった。涼子はいつのまにか目覚めていて、団体客のようですね、と光岡の顔を見るでもなく呟いた。

夕方、湯にゆくと、果して湯舟の縁《へり》に人頭が並んでいた。光岡は体を洗いながら人頭が減るのを待って、湯に浸かった。湯舟には子供連れの男もいて、公衆浴場のマナーを教えたりしている。親も銭湯を知らない世代に見えたが、テレビかなにかで少しは学んでいるらしかった。

「プールじゃないんだから、小便をしてはいけないよ」

そんな声を耳にすると、彼はすでに小便の湯に浸かっている気がして、さっと湯から上がった。もうひとつの使い道を知らない子供の魔羅《まら》は小便小僧のそれに見えて仕方がなかった。

その晩は夕食を簡単にすませて、彼らは部屋でくつろいだ。

「休むには早い、なにか考えよう」

炬燵の上に裏返した原稿用紙を置いて、それぞれにペンを持ち、ゲームのようなことをはじめたのは寧日の気紛れであった。

「二人展のテーマを考えてください」

涼子は言った。

「来場者に訴える言葉、朝比奈の漆芸、つまり私の空間のことです」

「まだ決まっていないのか、タイトルも決めずに小説を書いているようなものだな」

「キーワードは黒です」

「君が生むべきものだと思うがね」

光岡はそう言いながらも一夜の遊びを愉しんだ。黒は夜、不幸、フォーマルというイメージであったが、涼子の漆器にはどれもそぐわない。来場者はそんなことは考えずにくるだろうし、品質の日本という既成概念に釣られてくるだけのことかもしれない。その心を摑むのが題目だが、光岡にそんな商業的な知恵はなかった。

「黒い花びら」

「そんな歌がありましたね、黒尽くしというのはどうです」

「そんな映画もあった」

「黒の中の黒」

「洒落にもならない」

「優しい黒」

「近いが、弱い」

　スキットルのブランデーをひっかけるうちに場当たりの思索は乱れたが、愉しみは増してゆき、黒梅擬《くろうめもどき》を知っているかなどと脇道へ逸れていった。

「棘《とげ》のある木でしょう」

「どこにでもあるつまらない木だが、よく見ると健気《けなげ》な生きものに思えてくる、私の感覚では質朴に近い」

「フランスにもあるかしら」

「たぶんな、陽当たりだの、湿度だの、選り好みをしない雑木こそ世界を知っていたりする」

　脇道にも発想の種が転がっていたが、結局なにも摑めないままその夜は床に就いてしまった。

　次の日、朝食をすますとふたりですることもなかったので、彼らは諏訪湖へ車を走らせた。無聊が重たい女と、時間に困らない男の気紛れであった。

久しぶりに歩く湖畔は塩尻よりいくらか暖かく感じられて、湖水にはボートが浮かんでいた。春日影《はるひかげ》の美しい日であった。

「パリまであと四ヶ月か、あっという間だろうな、私は行けそうにないが、成功を信じている、モンマルトルから絵葉書の一枚もくれたら嬉しい」

「今からそんなことを言うなんて、夏もいらっしゃらないつもりですか」

「邪魔になるだけだろう、なにか足りないものがあったら今のうちに揃えよう、主役なのだし、ドレスの一枚くらい持っていった方がいいのじゃないか」

「思いつきませんでした」

「東京から取り寄せよう、ちょうど服飾に詳しい人がいる、背格好も君と似ている」

光岡は咄嗟《とっさ》に〝こしかけ〟の寿美ならなんとかしてくれるだろうと考えた。その勘は彼女の一風変わった挙措や発言からくるものであったが、おそらくその街の出身であろうという推察は確信に近いものであった。涼子と歩いている湖畔で寿美を思い出すのは彼の世間というよりほかないのだが、口にしてからどこか近い人を感じたりもした。

「いっそ黒いドレスがいいね、肩を出して胸の谷間も見せる、客は漆器より漆工にめろめろという寸法だ」

「昨日から茶化してばかりですね、真心のドレスと茶番のドレスが一緒くたです」

「そう言うな、こっちも晴れ晴れしているわけではない、いろいろ考えるさ」

公園の大樹の下まできて、彼らは立ち止まった。そこはいつか香具師《やし》がゴム製品を売っていたあたりであった。今は若い人影も見えない。

「あのときの学生たちもネクタイをして、女はパンプスを履いて、どこかで働いているのですね」

「そういう勘定になる、月日が経つのは早いな、若い彼らにもいずれ歳月を噛みしめるときがくるだろう」

光岡は出任せを言いながら、自身の歳月を振り返った。久しい前から彼は涼子にたまゆら宿る熱であり、庇護者であった。なりゆきに任せて流れてゆくことにも疑問が生まれるときがあって、流れは変えようもないのに考える。そうした自覚が今は重たい気がした。

道のつづくままに歩いてゆくとベンチがあったので、ふたりは腰掛けて湖を眺めた。光岡はしばらくやめていた煙草を吸った。

「高ボッチはどのあたりかな、向こうから見えるのだから、こっちからも天辺《てっぺん》くらいは見えるはずだが」

「東京のどこかで富士山が見えても、富士山からそのどこかは見えないと思います」

「なるほど、しかし東京より遙かに遠い星は見える、たぶん向こうからもな、おかしいな」

「物理は苦手です、戻りましょう、どこかでお昼を食べて、旅館に戻ってお湯に浸かりましょう、明日からまた漆の奴隷です」

彼女は言った。春日影の湖はのどかで浩々《こうこう》としていた。厚い氷の張った冬の厳しさはすっかり失せて、日和日和《ひよりびより》している。光岡が腰をあげると、涼子もさっと立って、ふたりは歩いてきた道を引き返した。無駄ではないが意味があるとも言えない一日をパリへの軌道に戻すために彼らは寄り添い、密かに吐息もしながら歩いた。

旅行用に買い求めた靴下の一足を使ってみたところ、足裏が染まるほど毛羽《けば》がついてきたので、光岡は佳枝に言って裏返しにして洗わせた。質と廉価で知られるメーカーのものであったが、見てくれだけの粗悪品であった。パリの店でも同じ靴下を売っているとしたら、フランス人はそっぽを向くだろうと思っていたが、安い物に目のない人はどこにもいて、ホテルへ向かう車から見る限り結構な繁盛ぶりであった。

その年のパリの秋は日本よりいくらか明るく、芸術の都というだけあって色彩が上手に息衝いている印象であった。古い街並みを街路樹が彩り、カフェのオーニングや車やちょっとしたところの色使いが侘しさを排除している。初めての光岡は右も左も分からないので、日本人の画学生をガイドに雇って三日を過ごすつもりであった。移動時間を入れて都合五日の旅は苦肉の策で、パリの街を愉しむ計画も観光気分もなかった。それでいて興味が湧いてきたのは饒舌《じょうぜつ》なガイドのせいかもしれなかった。

パリの二人展には顔を出さないつもりでいたのだったが、涼子の大事を見ずに終わっては淋しいと思いはじめたのはその夏のことである。といって彼女の兄と顔を合わせたくはない。

「秋になったら三日ほどパリにつきあってくれないか」

最も期待できる同伴者として彼は寿美を誘ってみた。

「たった三日ですか」

そのときの彼女は生返事であった。

「ちょっと見たいものがあってね、そこを見たら、あとは君につきあう」

寿美は即答こそしなかったが、一週間もするとその気を見せて、なにやら胡散《うさん》臭いお話ですけどねえと言った。

「土日を絡めて四、五日なら、お店を休めます、それなりに土産話もできるでしょう、ただしホテルの部屋は別にしてください」

「そんな魂胆はないから、商店街の懸賞旅行に当たったくらいに考えてくれていい」

「そう言って騙《だま》す人もいますね」

「なんなら契約書を作るか」

「手間も紙も無駄です、私が行ってみたいのはベルヴィルの大衆食堂、そこだけです」

「そこになにがある」

「行ってみなければ、あるかどうかも分かりません」

出発の日がきても寿美は無愛想であった。

大手旅行社のパリ支店の計らいでアルバイトの口を得た学生は火渡《ひわたり》といって、名前負けしそうな痩せぎすの男であった。事前に聞いていた話では、もう七年もパリに暮らして学籍は失っているが、老画家の創作教室に通っているとかで今も学生を自称しているのだった。空港まで迎えにきた彼は三日間のガイドを頼む中年の男女を裕福なだけの人種と思い込んでいたらしく、

「失礼ですが、パリは初めてですか、ガイドは無用のようにお見受けしますが」

と言った。寿美が旅なりに飾って堂々としていたからであろう。品位は自然に伝わるもので、火渡がふたりを知識人とみたのもお粗末な観察ではなかった。寿美は会釈をしただけであった。

旅行社に任せたホテルはエトワール凱旋門の近くにあって、宿泊料に負けない格調と接客であったが、意地悪に傷みを探せばいくらでも見つかった。ふたりの部屋は三階で、隣同士であった。部屋を見てからロビーへ下りてゆくと、待っていた火渡が、どうでしたかと訊いた。

「小綺麗にまとまっているね、寝るだけだからちょうどいい」

「食事は外でした方が安上がりで、おもしろいものがあります、今日はお疲れでしょうから明日にでもご案内しましょう」

「ベルヴィルをご存じかしら」

とそばから寿美が訊いた。

「ええ、よく知っていますよ、友人が住んでいるので親しい街です」

「よかったわ、帰る前に半日つきあってください」

「明日はまず文化会館ですね、十時に迎えにきます、ガイド料とは別に車代をいただけますか」

火渡は臆面もなく言った。

「あのポンコツのことかね」

「ええまあ、交通費は自前なのでよろしくお願いします、場所によっては駐車代もかかります、といって日本のように簡単にタクシーは拾えません」

アルバイトで露命をつなぐ男の世知といったところであろう。働きがよければガイド料を弾むつもりでいた光岡はかまわなかったが、明日もあの見窄《みすぼ》らしい車で移動するのかと思うと少し気が滅入った。話がすむと、火渡はさっと帰っていった。

「さて今夜はホテルの食事で我慢しよう、舌平目は苦手だが、ステーキやポトフはいけそうだ、ママと差し向かいは初めてだね、愉しくやろう」

「深酒は最後の夜にしましょう」

寿美はにこりともしなかった。

次の日、ロビーで待っていると、火渡は十時前にやってきた。念のために早く出かけてきたが、渋滞気味だという。近くの路上に駐《と》めている車まで歩いてゆくと、前後を別の車に塞がれていたが、火渡は平気な顔で押しのけて出ていった。自分の車もへこんだはずだが、まったく気にしなかった。

「あんなことをして罪にならないのかね」

「路上駐車にはつきものです、お互いさまですから喧嘩にもなりません」

「いい国だね」

小さな車は忙しく車線を変えながらエッフェル塔に近づいてゆき、やがてセーヌ川を越えると、パリ日本文化会館はすぐそこであった。日本の建築家も参加して建てられたという会館は京都広場を持ち、地上六階、地下五階の立派な施設で様々な日本文化を紹介している。そのどこかに涼子と山瀬の漆芸が展示されているはずであった。

「見たいのは漆芸だけだから、まっすぐそこへ連れていってくれないか」

車を降りると、光岡はそう言った。デパートの二人展より落ち着いて鑑賞できる場のあることは幸運であった。

「ここは私もときどき利用します、なにしろ一日いても無料ですから、図書館には日本の本がたくさんありますし、生け花から漫画の教室まであります、地階のホールでは演劇やコンサートも観られます、漆芸なら展示ホールでしょう」

火渡は馴れたもので、受付で確認はしたものの、勝手知ったる家のように三階のホールへふたりを導いた。来館者にはパリ在住の日本人とみられる人影も多く、その点は関心のほかであったが、施設はこの国の心の豊かさを象徴していた。

展示ホールに入ると、そこは大広間のような空間で、壁に浮世絵が掛かり、その下の白い展示台には絵にある櫛や煙草盆などが並んでいた。その日は浮世絵展が主体で、漆芸は臨時の展示らしく、なかなか姿を見せなかった。静かな鑑賞の場を乱すのも憚られて、囁きを伴う人の流れについてゆくと、老夫婦などは理解が深く、知的な会話を愉しんでいるふうであった。

壁に沿ってだいぶ歩いたと思うころ、ようやく景色が変わり、ブラックフラワーズ・イン・ブラックと英語で表示された先に涼子の漆芸が見えはじめた。つづきに山瀬の作品も見えて、自然光による展示のせいか、どちらもいたく静々《しずしず》としている。

展示台に家紋を説明した名刺大のカードがあるのを見ると、光岡は記念に一枚もらって胸のポケットに収めた。カードにはロゴにも見える図柄が印刷されていて、同じものが漆器の表面にも浮かんでいるのだから、至芸と言ってよかった。

家紋入りの漆器にはメンパがあり、菓子器があり、重箱もあって、光沢の美しさはまるで真珠のようである。どのようにしてそこまで磨き上げたものか、光岡には見当もつかなかったが、漆工の技の冴えは疑いようがなかった。

山瀬の漆芸は一転して華やかである。作品と呼ぶにふさわしい緻密な加飾に見入り、その前を動かない人もいる。それはそれで美しく、美醜にうるさいフランス人を立ち止まらせる力があるのだった。なんと話しているのか分からないが、感嘆であろう囁きは光岡にも聞こえてきた。

夫婦連れのようにそばにいた寿美が、

「見事ですね、これだけのものは日本でも滅多に見られません」

と言った。

「しかし、どこかトリッキーだな、そんな気がしないか」

「臍曲《へそま》がりねえ、目でも洗ってきなさい」

幸福な鑑賞はつづいて、幅広の展示台に並んだ両者の合子《ごうす》は見ものであった。涼子のそれは家紋のかわりに蝶を描いた黒一色の合子で、山瀬のそれは同じ木地に彫漆《ちょうしつ》で蝶の羽に色を出したものであったから、どうしても見比べてしまう。ふたつの合子は一対の造形のようでありながら、迷う心の表裏のようにも見えて、どちらがどちらを負かしているかは見えてこない。

「なるほどね、これでは相手を無視することはできない」

「なんのことです」

「うがった見方さ、目薬がいる」

光岡ははぐらかしたが、そこまでやったふたりを認めないわけにもゆかなかった。涼子は力不足を自覚しながら、最後には闘ったのであった。

「もうこんな時間か、デパートの二人展の前に昼飯だな」

「下で日本食を食べられます、おにぎりやうどんですが、味噌汁もあります」

火渡が言い、食欲をそそられた彼らはそうすることにした。火渡はさりげなく勧めながら、自分が食べたいのかもしれなかった。

立派な建物のわりにこぢんまりした食堂の小さなテーブルにつくと、選ぶほどのものもないので、彼らは揃っておにぎりと味噌汁をもらった。

「パリでおにぎりとは時代だね」

「日本食はフランス人の関心の的です、健康志向が強いこともありますが、フランスにはない食材や味付けが珍しいのでしょう」

「醬油の印象しかない和食を小馬鹿にした時代もあったがね」

「それはもう遠い過去のことです、今のフランス人は出汁の旨みを知っていますし、海藻も食べます、ラーメンのスープを真剣に研究している人もいますね」

「変われば変わるものだな、私の若い時分にはフランス料理は高嶺の花だった、美しさでは和食に負けないが、値段とマナーが垣を作っていたね、実際、懐が淋しいときは焼鳥で一杯、あとは茶漬けでいいわけだし」

「今はその世界にフランス人が憧れています、意外に思われるかもしれませんが、彼らは場末の安くて美味い店が好きなんです、ビストロよりもっと気軽な店で本物の天ぷらや餃子をつつきたいというのが本心じゃないですかねえ」

「すると日本は天国か」

「食に関しては本気でそう思っている人も少なくないでしょう」

火渡はそう言って、即席であろう味噌汁を美味そうにすすった。

「ところで、君は今日の漆芸をどう見た」

「漆塗りはいいです、自分の世界を求めて絵の具を塗り重ねている人間から見ると、首尾一貫という気がします」

感想はあっさりしたものであったが、画家の目は伝統の技を整いすぎたものに見たのかもしれなかった。

「それで、どちらを買うね」

「朝比奈涼子さんですね、使うにしろ描くにしろ、私が魅力を感じるのは塗りです、黒地に黒い家紋は新鮮でした、しかしあれをカンバスに描くにはレンブラントのような光がいります、むずかしいですね」

「ひとつプレゼントするから挑戦してみないか」

「今の私の画法ではご満足のゆくものにはならないでしょう」

「それもいいさ」

光岡は彼が涼子の漆器をどんなふうに描くのか見てみたい気がした。そこそこフランス語を話し、パリっ子のようにポンコツを乗りまわす男はたくましいが、本業の絵で食べられるようになる日は遠いかもしれない。あるいはその日がこないまま終わるということも考えられる。出会ったばかりの男に興味を抱かせるのは、彼の旅情のようであった。

「画家のガイドか、ガイドの画家か、今は怪しいところらしい」

「まだ望みは捨てていません、十年経っても三十代ですし」

彼は言った。

寿美は蚊帳の外で茶を飲んでいた。

食事のあと、彼らはまたポンコツに乗って老舗のデパートへ向かった。パリでは有名なデパートなのでいつでも混んでいるが、地下に駐車場がある、と火渡は運転しながら話した。光岡は助手席から美しい街並みに目をやっていた。二人展は二週間目に入って、涼子たちは手応えを感じているはずであった。

車を飛ばしたというのでもなく、じきにそれらしい威風の建物が見えてくると、果してそこがパリを代表するデパートであった。外観は百貨店という呼称の方が似つかわしい前時代的な風趣だが、店内にはお洒落が詰まっているという。地下に車を駐めて、歩き、エスカレーターの前まできたところで、光岡は立ち止まって寿美に言った。

「私は一階をぶらぶらしているから、ふたりでじっくり見てきてくれないか」

「ここまできて見ないのですか」

寿美は呆れた顔をして、臍曲がりねえ、とまた言った。

「ちょっとした事情があってね、私が顔を出すのはまずい、写真を撮れるようなら撮ってきてくれ、時間は気にしなくていい、話はあとでゆっくり聞くから」

火渡には多めに現金を渡して、

「気に入ったものがあったら、ひとつ買いなさい、一生使えるものだから高い買物ではない、いつか佳いものが描けたら、その絵をもらうとしよう」

そう話した。

戸惑いながらエスカレーターに乗ったふたりを見送り、光岡は寿美に言った通り一階をぶらついた。言葉がまったくできないので見てまわるしかなく、十分がひどく長く感じられたが、店内は美しかった。飾りようで高級品に見えるものがあり、値もそれなりであった。彼は洒落た靴を見つけたが、求める気にはなれなかった。上に涼子がいると思うと気もそぞろで、パリまできて馬鹿なことをしていると自嘲を繰り返した。

小一時間もしてやっとふたりが戻ってくると、光岡は労をねぎらい、寿美には詫びも入れた。

「このために私を誘ったのね」

「すまない、明日は君につきあうから」

「なんてパリなの、おもしろいけど」

火渡は紙袋を提げていた。その場で残金を返しながら、礼を述べ、今日は本当にいい日だと笑った。

「まだ時間も早いですし、近くのカフェで一服しませんか、奢らせてください」

「いいね、カフェには一度行ってみたいと思っていた、ビールがあるといいが」

「ありますよ、私は運転があるので飲めませんが、おふたりでやってください」

カフェは立地や店の歴史によってコーヒーの値が違うそうで、眺めのよい角地の店は高いという。彼らが歩いて向かったのは商店の並ぶ通りの一軒で、我が物顔のテラスは広いとも言えない舗道の一部であったが、その窮屈さにフランス人は憩うらしかった。

「となりの話し声が気にならないのかね」

「もともと人の話を聞くより喋るのが好きな人たちです、日本で言う聞き上手はいませんね」

「聞いたか寿美さん、あんたも喋れ」

「急に喋れと言われても性格がありますからねえ、私のような女はこの街では暮らせませんね、変わり者に見られるのが落ちです」

「東京でも普通の人には見えないがね」

「拳骨《げんこつ》をご馳走しましょうか」

旅先の場当たりなひとときはそれなりに愉しく、光岡はいっとき一切を忘れた。こちらが通りをゆく人を見ているのか、向こうから見られているのか分からない曖昧な空気も彼の感傷に味方していた。

注文は火渡に任せてビールをもらうと、思ってもみない枝豆がついてきた。

「フランス人も枝豆を食べるのか」

「これは日本から伝わってきたものです、塩を振って食べる人が多いです」

「まあカフェに似合わないこともない」

話すそばから寿美が塩を振りながら、

「二人展は文化会館の展示より品数があって、見応えがありましたよ」

と言った。

「日本女性が私が見立てたドレスを着ているものですから妙な気分でした、職人には見えない人ですが、あの方が朝比奈涼子さんですね」

「華奢な手で佳いものを作る、日本の工芸界で売り出し中だが、パリでもその名を覚えてくれる人が現れるだろう」

「ひとりはもうここにいますよ」

と火渡が真面目な顔で言った。

「あの技巧は芸術的です、私なら額を作りますね、絵を守るのにふさわしいと思います」

「それで売れていたか」

「私たちが見ている間だけでもかなり捌《は》けていました、家紋の弁当箱が売れ筋ですが、一番の人気は重箱のようでした」

「重箱はフランス料理に向かないのでは」

小首をかしげる寿美を火渡は軽くいなした。

「使い道はいろいろありますよ、たとえば贅沢な小物入れという手もあるでしょう」

日本を離れて久しい男が日本人と過ごす三日は、その場その場が郷愁との闘いなのかもしれない。そのあたりはなんでも決めつけてかかる日本人とは違う、とも言った。光岡はおもしろく聞いていたが、とどのつまり彼にしても日本人らしく期待した軌道上の成果を喜んでいるだけのことであった。つまりは今も二人展の会場に立って、来客の顔色を見ている涼子の苦労がいくらか報われた気がするのだった。

「額縁とは妙案だなあ」

彼は日本に帰ったら涼子に提案してみようかと思った。どこで思いついたかは秘密であった。夜のシャンゼリゼや凱旋門のきらびやかな印象も口にはできない。しかし、同じ日にパリにいたという記憶は長く残るだろうと思った。

その晩、彼らは火渡が案内したサンマルタン運河のそばのビストロで夕食を摂った。ホテルのレストランより気軽な雰囲気の店は料理も創意工夫といった感じで、気取らない服装の人たちでにぎわっていた。軽音楽もお喋りの声も大きい。光岡は初めてエスカルゴを食べたが、強烈なニンニクの風味と熱いのに驚いた。舌触りは房総あたりで獲れる巻き貝に似ていた。彼にすれば勿体らしい食文化だが、料理の盛り付けは美しく、ソースにも気の利いたものがあった。

「今日は美味いが、これを一生食べる気はしないね」

「一年でも住んだら変わると思います」

「分かるが、本当は雑炊をすすりたい自分をごまかすようなものかもしれない」

「住めば都ですよ、そう思わなければ半端な我々はやってゆけません」

「滞在十年、二十年となったら、舌より胃袋の方が馴染むか」

「そういうことになります」

火渡は穏やかに言いながら、皿の小綺麗な料理を忙しく口へ運んだ。それは少しでも栄養を摂るためにしている囚人の食事のように思われた。彼はパンで皿の掃除でもするようにソースを拾って、それも美味そうに食べるのだった。

「下手な芝居よりおもしろいわ」

寿美は食事の手をとめてじっと見ていた。


次の日、寿美の希望でモンマルトルの美術館や寺院を巡り、ちょっとした買物もしてからベルヴィルへ向かったのは午後も遅い時間であった。ベルヴィルはピアフの生まれ育った丘の街で、住人には低所得層や移民が多いという。食事が目的ではないようなので、光岡は同行をためらったが、

「心細いので一緒にいらしてください」

と誘われてつきあうことになった。

坂道の街は雑多な印象で、古色蒼然たる建物もあれば近年開発されたらしい繁華な通りも見えて混沌としている。火渡はポンコツをのろのろ走らせながら、ピアフの生家の跡を見せたり、いかにも新しいマンションが現れると、ここは金持ちしか住めないなどと話したりした。目的地の〝ラ・リュンヌ〟は赤いオーニングがなければ倉庫と見紛う店構えで、丘の横道にあった。

夕食には少し早い時間であったが、火渡を先頭にして入ると、カウンターでは数人の男たちがもう酒を飲んでいた。壁際に一列に並んだテーブル席にもぽつぽつと客がいて、談笑している。寿美は入口で立ち止まって店内を見まわしてから、ふたりに遅れて奥の席に歩いてきた。

「初めて入りましたが、よさそうな店ですね、値段が良心的です」

火渡は壁にあるお勧めメニューから、早速店を値踏みしてそう言った。そこにきたわけは彼も光岡も聞かされていなかった。

「ここは私が持ちますから、なんでも好きなものを食べてください、光岡さんも飲んで食べて愉しくやりましょう」

寿美は火渡に料理を任せて生ビールをもらうと、光岡と乾杯した。その後は目を遊ばせながら、ひとりの思考の中に遊んでいるふうであった。口数が少ないのは、にこにこして相手に合わせるのが苦手なのだろうと光岡はみて、火渡を話し相手にした。

「昨日今日と二日つきあっただけだが、君にはパリが似合うね、東京で会ったらどんなふうかと思う」

「ただの風来坊か不審人物ですよ、いつか個展を開くのが夢ですが、ここではその日まで食べてゆけるかどうかが大問題です、日本でそれをやったら蔑視の的ですが、パリにはそんな人間を認めてくれる微妙な空気があります、風来坊がある日芸術家に化けることを歴史的に知っているからでしょう、日本の社会にはそんな眼差しはありませんから、異国の情けに縋《すが》っているわけです」

「なるほどね、少し分かったような気がする、もしこのアルバイトがなかったらどうしていたね」

「別のバイトをするか、アパートで石のようなバゲットを齧っていたでしょう」

「二十一世紀だが」

「アフリカはもっと悲惨です、そう思うようにしています」

そう言いながら、彼は先付けのパンにチーズをたっぷり塗って口へ運んだ。寿美は聞くともなしに男たちの話を聞きながら、上の空であった。

店内は大衆食堂の雰囲気で雑然としているところに落ち着きがあったが、にわかに客がつづくと、音楽が聞こえないほどざわつきはじめた。火渡が気を利かせて追加の酒を注文し、まもなく料理が運ばれてくると、

「よかったら、これも召し上がれ」

寿美は自分の皿を火渡にすすめてパンを齧った。

「どうした、愉しくやろうと言ったのは君だぞ、腹の具合でも悪いのか」

「これでも愉しんでいます」

「それならいいが」

光岡は取りつく島をなくして、また火渡に会話の暖を求めた。

「ところで君はどんなものを描く」

「油彩で人物や静物を描きます、今は老人に凝っています、モデルを探すのが苦労ですが、当たると結構愉しいですね、暇はあるが夢を追う時間のない人だったり、過去の夢に生きていたり、いろいろ話してくれます、表情が急変するのは困りますが、そのあわいを描けたら佳いものになるような気がしています」

「描けたとして、なにが残る」

「さあ、自己満足でしょうか」

文章でそうしたあわいを書く光岡はなんとなく分かる気がした。ひとりの人間の中の感情と感情、流れの中に浮遊する時と時、錯綜する思考と思考のあわいほど表現のむずかしいものはなく、たいていは不首尾に終わるからであった。まれに成功を見るのは絶対的な一方を捉えたときで、火渡もそんなところを目指しているのかもしれなかった。

「男の人は純粋でいいわねえ、でもその分見えなくなる部分も多いようね、火渡さんも気をつけなさい、理想を求めて突きすすむのは勝手だけど、一生を棒に振るなら最後までひとりでやるべきよ」

寿美がぼそぼそ話しはじめたのは彼らが食事を終えるころであった。きつい言葉であったが、彼女が言うと嫌みにならないのが不思議であった。

「寿美さんも突きすすんだ口か」

「私は臆病な女ですから、一生を棒に振る手前で改心しました」

「東京じゃ聞けない話だ、きてよかったよ」

「もう少し飲みなさいよ、私は火渡さんに用があるの」

彼女は言い、薄く笑いながら出し抜けに切り出した。

「入口のカウンターの脇の壁に絵が掛かっているでしょう、見えるかしら」

「ええ、裸婦像のようです」

「あなた、あれを譲ってくれるように、ここの主人と掛け合ってくださらない」

「本気ですか」

「もちろん本気よ、値は言いなりでかまいません、うまくいったらあなたには少しまとまったものを差し上げます」

火渡はなにか怪しく感じたらしく逡巡していたが、少ししてカウンターの方へ立っていった。光岡の席から彼のすることがよく見えて、まずバーテンダーと話し、じきに厨房から肥った男が出てくると、それが店の主人らしかった。交渉事は思いのほかあっさりすんで、戻ってきた火渡が寿美に報告した。

「絵は売ってくれるそうです、ただ、あの絵は彼の両親が所有するアパートに住んでいた日本人が家賃の代わりに置いていったものだそうで、踏み倒した家賃分はもらいたいということです」

「おいくら」

「ふっかけてきました、三千ユーロです」

「結構です、それで話をつけてください、代金は即金、絵は持ち帰りますから、外しておくように」

「そんな値打ちはないと思いますが、本当によろしいのですか」

「私のパリ土産です、その倍の値段で買ってくれる人が日本にいます」

本当かどうか、寿美はそう言った。

火渡が金を持ってまた立ってゆき、ここの飲食代はちゃらということで話をつけてくると、彼らはシャンパンとチーズをもらって祝った。なにがめでたいのか男たちは分からなかったが、寿美は満足げで、いくらかお喋りになった。あと数年遅かったら、あの絵はここになかったかもしれないとか、もしまたくることがあったら地方の村を訪ねてみたいとか、そんなことを話した。

しばらくして店を出ると外はもう暗く、遠く下の方に灯を点したエッフェル塔が浮かんでいるのが見えた。灯は霞んで塔は小さく見えたが、丘の街ならではの夜景であった。路上駐車の車に戻り、助手席に絵を積んで後部座席に寿美と並ぶと、光岡はとにかく終わったことにほっとした。彼の感覚でも凡庸な絵に三千ユーロは高いが、寿美には大切なものに違いなかった。あるのかどうかも分からずにやってきて、自分のものにできたことは喜んでいいはずであった。

火渡が車を動かすと、彼らはもう安心して乗っていられた。タクシーではこうはゆくまいと思う。ポンコツの性で段差で弾む癖も分かってきたし、火渡の慎重さも見えるようになっていた。わずか二日のあわただしさの中で、となりにいる女も見えてきたと光岡は思った。

「明日は荷物をまとめて、セーヌのほとりで日向ぼっこでもしましょうか」

と寿美が言った。

「恋人のようにできるといいが」

「そこが男の動物的なところね、恋人ならデパートにいるじゃありませんか」

光岡は苦笑して、窓外の街並みに目をやった。たぶんもう来ることのない街であったが、そこもパリの記憶になろうとしていた。

坂道を下ると、車はどことも分からない夜の巷を疾走していった。エッフェル塔は見えなくなり、かわりに清らかとばかりも言えない灯が流れてゆく。光岡はなぜか侘しい気持ちになりながら、まだデパートの会場に立っているであろう女を思い、画学生と似たり寄ったりの奔命《ほんめい》を感じ、また無反《むぞ》りの脆《もろ》さをも感じて、そんなところがパリの日本人かもしれないと思った。

三日間のパリはそれなりの刺激と充足をもたらしたが、東京へ帰ると家業や本作りに振りまわされて放念し、夜には塩尻を思うものの、結局進境の涼子を訪ねたのは次の年の初夏のことであった。二人展の成功は本人の口からも聞いていたし、その流れで彼女も忙しくしていたこともある。滞在の予定を伝えると、お待ちしています、といつもの返事であったから、光岡は安心して出かけた。

塩尻へ向かう列車の中でパリの日を思い返すのは、そこからつづく空白を消したいせいであった。きのう帰国して今日会いにゆくという情事ができなかったつけを、これから返しにゆくような思いであった。パリの涼子を彼は一度も見ていないが、黒いドレスの女はよく見えて、今では実見したような記憶に変わりつつある。滞在三日目に彼は寿美とセーヌのほとりに憩い、彼女が携帯電話に収めた二人展の写真を眺めながら、あれこれ思うのどかなときを過ごした。そこにドレスの涼子が写っていたので、彼の中では見たということになった。

「黒の似合う人ねえ、漆と一緒でごまかす黒ではないように見えます」

「同感だね」

「じたばたしないタイプの人かしら」

そのときの寿美の言葉が心に残って、光岡は今度の旅で見極めるつもりであった。若いときから芯のところでは慌てない人を感じていたが、寿美の直感が的を射ている気がするのだった。心の構造は違うものの、彼自身にもそうしたところがあって、どの目が出ても騒ぎ立てないことが騒ぎ立てるよりはましな結果を生むと学習してきたために、なんであれ受け流すことからはじめるような処し方が身についていた。考えてみれば、そのお蔭でつづいてきたような仲であった。

塩尻駅に降り立つと、プラットフォームのブドウ棚に葉が茂り、見ると小さな花がついていた。経験的に彼はよい季節を感じ、桔梗ヶ原のブドウ畑を思いながら駅舎を出た。晴れていたので少し駅前をぶらつき、茶菓子を求め、店員の老婦と雑談もして、それからタクシーを拾った。

向かう先はいつもの旅館であったが、運転手に少し街を巡るように言い、ささやかな稼ぎを与え、愛想をもらった。窓外の街並みが少しも変わっていないのが快く、道端にはところどころに祭や売り出しの幟《のぼり》が立っていた。それで彼はそろそろ漆器祭かと思い出したが、見たことはないのだった。やがて車が林の丘を登り、そこだけが開けた旅館の敷地へ折れてゆくと、またしても閑散の身とみえて玄関前に担当の女中が待っていた。

「いらっしゃいませ、お待ち申し上げておりました」

女中は明るく言って深々と辞儀をした。

「また世話になるよ、今日も貸し切りかい」

「さようでございます」

「給料が心配だな、せいぜい散財しよう」

光岡も明るく言った。

案内された部屋は前と同じで、炬燵のかわりに裸のテーブルが置かれているほかはなにも変わっていなかった。光岡は丹前に着替えて茶をもらいながら、新星は見つかったかとからかい半分に訊いてみた。去年、そんな話をしたのを思い出したのだった。

「望遠鏡がいけませんです、安い玩具みたいなものですから頼りになりません、でも星はいろいろ見えて愉しいですね」

「きれいかね」

「それはもう、うっとりするような眺めですね、初めて土星を見つけたときは興奮して眠れませんでした」

なにを思ってか急に天体観測をはじめた女中は、明日は休みという夜にたっぷり見るのだと話した。こんな安上がりな趣味はないだろうとも言った。光岡はそんな女中を強いまっとうな人に見ていた。

のんびり湯を浴びてから旅の荷を解くうちに日が暮れてきたので、彼はビールをもらった。

夕食は今日明日が部屋出しで、客の入る明後日から食堂になるという。暑くも寒くもない季節であったから、旅行客ものんびり動くのかもしれない。ビールを一杯飲んで気がすむと、彼はまた鞄からシャツやらパンツやら出して寝間のハンガーに吊した。執筆の用意はしてきたものの、なにを書くかはまだ決めていなかった。文机に思いつきを記すためのノートを置き、持ってきた本の一冊を重しがわりに載せて、さてどうしたものかと考えた。するうち涼子がやってきた。

「やあ、久しぶり」

そう言ってから、つまらない挨拶をしてしまったと思った。涼子は髪が伸びた分だけ忙しくしていたようであった。

「やっと会えましたね、お話ししたいことがたくさんあります」

涼子はいつもの調子であった。

彼女が内湯から戻るのを待って夕食の座につくと、ごゆっくり、と女中は下がっていった。料理は宿の定番で、今年は山菜の小鉢がついているのが新しかった。

「少し痩せたようか」

光岡はビールを注いでやりながら、たぶん彼が最もよく知る小鼻や首筋のあたりをさりげなく観察した。まだ若々しかった。

「去年から大事がつづいたせいでしょう、そうでなければ歳のせいでしょうね、ここしばらく鏡を見るのが嫌で、いい加減な化粧をしていました、今日はましな方です」

「女は化粧の奴隷だな、宿命だな」

彼は茶化したが、面瘦せた女に湯上がりの化粧はほどよく、柔和な印象であった。

「くる途中で漆器祭の幟を見た、忙しい最中にきてしまったらしい」

「姪が一人前になりましたから、私は制作に集中できます、忙しいことに変わりありませんが、気持ちは楽です、東京はどうですか」

彼女は挨拶がわりに訊いた。

「ビルが古くなってね、いろいろ起こる、一棟は解体して土地として売ることになるだろう、いつまでも安全な商売はないらしい、奈良井はどうだね」

「兄が張り切っています、パリが刺激になったようです、それは私も同じですが、兄は自分の代に漆器店を大きくして子に譲るのが目標で、私はそこに含まれません」

「君なしに朝比奈漆器店が伸びるとは思えないが」

「兄も技術はたしかです、新しい発想は姪が担当するでしょう、いつか彼女の厄介叔母になる自分を想像するとぞっとします」

「そんなことにはならないと思うがね」

光岡は彼女の前途に自信があったし、淋しくなりそうな雰囲気を変えたかった。朝比奈の身内の問題には立ち入れないが、涼子の進路に手を貸すくらいのことなら易いことであった。そうした話をさらりとしたいのだったが、涼子は穏やかな表情をしながら言葉が重く、心になにか焦慮を溜め込んでいるように見えた。久しぶりに会ってそうした雰囲気になることこそ彼の慮外であったから、打開しようと努めた。けれども出任せの言葉は白々として、演劇の台詞のように響いた。

「それで君はなにを思っているのかね」

「来年の今ごろどうしているのかとよく思います」

彼女はそう答えた。

「いかんなあ、そんな頼りないことではパリの成功が台無しだ、踏み出したからには進むしかない、朝比奈さんもそんな気持ちだろう」

「兄はなんのかんの言って一家をまとめる君主です、パリでもそうでした、私と山瀬さんの二人展であるのにあれこれ指図して、自分の店のように振る舞いました、黙って見ていられないのです、同じことで私がいてもいなくても朝比奈はまわります」

「かたくなな人のようだね」

光岡は彼と話したことがあるとは言えなかった。秋のパリにいたとも言えない。そのあたりの捩《ねじ》れが自分の中で悪い方に働いているのを感じながら、うまく処理できなかった。

「あの性質は屈強にみえて漆に殺される人のものです、私はそんな兄を見たくありませんし、自分もそうなりたくありません」

涼子が言うと彼はすっかり観念して、再会した今を愉しみたいという気持ちに負けていった。おざなりの言葉は自身の神経を休めるだけのものでしかなかっただろう。

「思いつめるのは明日にしよう、相談に乗るから、とにかく今日は愉しくやろう」

「そうですね、あなたを見ると無条件に甘えてしまっていけません、厄介な女を感じませんか」

「今のところそれはない、たぶん一生ないだろうね、それだけは自信している」

するとと涼子の口もとがほころびて、光岡の好きな気配に変わっていった。女が鏡の前で女を作るふうであった。

その晩、彼らは酒を過ごして、早くに猫の兄妹のように寝てしまった。それでも充たされるのだから、対になったときの男と女は不思議な生きものであった。ふたりはそれぞれに幸福であった。


潮が引くように静かな朝がやってきて、涼子が仕事へ帰ってゆくと、光岡は女中に机のものには触れないように言って外出した。レンタカーを借りて花のブドウ畑を見にゆくつもりであった。なんとなく見ておきたいという気持ちの裏で、小説の構想が湧いてくるのを期待したのだった。彼の場合、それは瞬間的なひらめきからはじまるもので、思いつめて生まれることは少ない。五年も十年も練るほどの題材を探すのも面倒なら、探しまわって書くものにろくなものはないと思うからであった。つまり、いつどこから現れるか知れない着想が頼りの作家であり、少しは知っていることを書くしかない作家であった。そのインスピレーションは場所を選ばないが、もしかしたらと思う場所を感じるのもインスピレーションということになるのかもしれない。

小才の作家の業で、自身の経験をもとに物語を紡ぐと、豆腐一丁の値段も知らないくせにとのたまう人がいるが、豆腐はもとより特売のモヤシの値も彼は知っていた。それと夜の街で散財することや大事に思う人に車を買い与えることは別であるのに、卑屈な人はそこを読もうとしない。共感できることを期待して読み、共感できないことに失望する。そんな読書はなんの役にも立たないはずであるから、光岡は敢えてそういう人生もあるのだと書いてやるのだったが、金持ちの傲慢《ごうまん》と読まれるのが落ちであった。それも嫌いで、小市民ぶったごうつくばりがはびこる社会こそ共感のほかだと思ったりする。虚を衝いてなんぼの物語はさらにつまらないので、書かないし、書けない。そんな人間だからか、勝手に生きていながら、つまらないことに縛られる矛盾も味わっている。

改めて見るとブドウ畑はおそろしく広く静かで、期待した通りたくさんの花をつけていた。空はその千倍もあった。彼はものを見るときはメモを取らない主義で、かわりに画像を目に焼きつけて、あとで文章にするということをよくした。小説につながるなにかが浮かんできても、そこではメモを取らない。机に向かうまでに忘れてしまうものはそれだけのものだとあきらめ、苦しんで思い出すようなことはしない。花の観察から小説が生まれるとも思えないが、彼は丹念に眺めた。色も形もおとなしく花器に飾るような花ではないが、したたかな命を感じる。

働く人影が遠いので、今年の花のつき具合や収穫の予想は訊けないと思いながら、たぶん豊作だろうと勝手に決めて沿道の散策を愉しんだ。日は高く、陽が感じられ、そよ吹く風が快かった。遠くの丘陵から風に乗って大きな鳥が飛んでくるのが見えて、鳶か大鷹らしかった。空が広いせいか鳥はいっそう自由に見えて、その清々しい姿を眺めるのは彼としたら愉しいことであった。それでいて人も生まれたときはあんなふうではなかったのかと想像すると、ずいぶん汚れてしまったと苦笑するしかなかった。

ブドウ畑は明るく、静寂で、結実を目指す静かな意志のようなものに満ちていた。葉陰に花の集合するさまはブドウの房そのものであったから、理解しやすかった。無防備な花は害虫の餌食でもある。今は人の手を借りて丈夫に育つ植物に成り下がっているが、その何割かは放っておいても生き延びるはずであった。そうした強い種をブドウ農家は見極めていて、密かに守っているのではないかという気がした。

「いっそ涼子を書いてみるか」

しばらくして光岡はふとそう思った。彼女の視点で自分を書くとどうなるのかという興趣も湧いてきた。自分という人間は分かっているので、資料も取材もいらない。涼子の心をどこまで精密に書けるかが問題だが、今の自分の力を試すにはおもしろい素材に思われた。描写で失敗することはあっても、心の襞《ひだ》を間違えることはないだろうとも思った。すると一気に視界のひらける気がした。

その晩、彼はそのことを伏せて、気分よく酒を飲みはじめた。冒頭の一行すら書いていないのに佳作を自信するのが作家であった。

「なにかいいことでもありましたか」

と涼子は見破った。

「昼にブドウ畑を見にいった、期待したより花がついていてね、それだけだよ」

「ワインをもらいましょうか、少し聞いていただきたいことがあります」

「いいね、なんでも聞こう」

光岡は軽い気持ちで言い、女中にワインを運ばせた。涼子は昨日より落ち着いているようであったし、彼もひとつの着想を得て安らいでいた。良き日の憩いにボトルのワインをもらうことは、あけてゆく時間の愉しみを約束されたようなものであった。

「パリでもワインを飲んだろうが、ここのは格別だ、今日は特にね」

光岡は話のきっかけにパリを持ち出し、涼子はそれに応えた。

「実はパリのデパートから二人展をもう一度やってほしいというお話がきています、恒例化も考えているそうです」

「結構な話じゃないか、愉しんだらいい」

「でも二人展ですから、ひとりでは決められません、山瀬さんには別のお話もあって忙しいようですし」

「海外へ出るってことはそういうことなんだな、新鮮なものに触れてこちらの目は愉しむが、向こうの目は慮外の角度から見てくる」

「その通りです」

涼子はワインを嘗めながら、二人展の来場者にドイツやベルギーの人もいたことを話した。彼女にはフランス人と見分けがつかなかったが、日本語を話すコーディネーターの女性が間に立ってくれて山瀬とともに幾人かと挨拶した。そのときはたまたまパリに滞在中の人たちだろうと思ったという。

「人と人の縁はどこで湧くか知れないと思いました、今年になってベルギーの人から山瀬さんに仕事のお話がきたのです、正式な依頼ですが、王室関係の仕事だそうですから、荷が重いというのが実感でしょう」

「だが、やってみたい、安全な今日より心許ない明日に胸がときめく、彼はそういう人のような気がする」

「山瀬さんは二人展にも関心があって、パリ以来親しくしているコーディネーターのクララに相談してみたそうです、彼女の返答は明快で、なぜ好機を前に悩むのかと不思議がられたそうです、クララとは私も交信しますが、理路整然として知的な人です、彼女に言わせるとパリとベルギーは近いのだから、両方やってみればいいということになります」

「実際には困難だが、それくらいの気持ちで臨んだらどうかということだろう、山瀬さんも彼女を信頼しているらしい」

「なにしろ事情通ですから」

涼子は自分のことのように話した。

山瀬の依頼でブリュッセルに出向いたクララが、王宮の文化財修復という仕事も先方の誠意も本物だから安心してよい、私にも手伝わせてほしいと言ってきたのは春のことであった。通訳として参加し、必要なら資材の調達も交渉もできるという。才能を組織に売らず、自由に生きる人であったが、それだけに頼もしかった。前後して山瀬から渡欧を誘われた。

「とてもひとりではできない仕事なので一緒にやってみないか、報酬は申し分ない、三年はあっという間に過ぎるだろう、そう言って準備をはじめています、輪島の若い人をひとり連れてゆくつもりのようですが、私が行けないときは断念するかもしれないと言ってきました」

「そうか、そういうことになっていたか」

光岡は少しも驚かなかった。山瀬は巧い駆け引きをしていると思った。彼がほしいのは涼子の技術だけではないような気がした。それでいて未練だとか愁嘆だとか、そういうものから離れていたかった。むろん涼子を失いたくはないが、いつかくるであろう日が今日になっただけのことのようにも思われた。

「パリからブリュッセルは列車で二時間足らずだそうです、クララは必要ならブリュッセルに住んでもよいと言っています、彼女がいてくれると思うと心が動きます」

「いい話じゃないか、ベルギーは美しい国だと聞く、よい環境で思い切り腕を振るうさ」

光岡は皮肉にならないように努めて優しくそう言っていた。自身の肚裏《とり》の都合で渡欧をとめるのは傲慢なばかりか、彼女のためにもならない、またとめる権利もなかった。この物分かりのよさは無力な少年期の体験にはじまり、その後の生き方を経験則的に決めてきたものであった。清新な境地を望みながら経験に縛られるのが人間のひとつの常で、彼の場合もそこから踏み出せていなかった。それが数十年もつづくと性質として落ち着くのであった。光岡は顔色も変えずに、

「君はもう決めているのだろう」

注意深く訊いてみた。

「奈良井で小さくなっているよりはよいのではないかと思います、でも最後のところで決心がつきません、もうひとりの自分がやめておけと囁きかけてくるのです」

そんなことでどうすると言いかけて、彼はそれもおかしいかと思い留まった。なりゆきに任せて生きていながら、人生の目的を見失わずにいるのはお互いさまであった。

いつのまにかワインが残り少なくなっていたが、女中を呼ぶのも憚られて、彼はスキットルのブランデーに手を伸ばした。けれども水で割るとつまらない味になったので、やはりワインを運んでもらった。

「あらまあ、ちっとも召し上がっていないじゃありませんか、お口に合いませんか」

女中はほとんど手つかずの卓の料理を気にかけて、なにかお持ちしましょうかと言った。

「喋る方に口を使ってしまってね、これからもらうよ」

と光岡は流した。

女中が下がると彼らは食べはじめたが、箸はあまりすすまなかった。ふたつの胸を騒がすのは、数年の別れが永遠になるかもしれないということであった。涼子も彼も口には出さない。だが怖れていた。三年後か四年後に会ったとき、今の気持ちで触れ合えるかどうか、光岡にも分からなかった。

「朝比奈さんはなんと言っている」

「兄には、決心してから話すつもりです」

「私にも、そうしてくれればよかった、経済的な問題ということはないだろうね」

「それはありません、顎足つきですから」

「だったら、やってみるさ、種を蒔かずに収穫は望めない、違うか」

背中を押すようなことを言うのは彼の情でしかなく、ふたりでゆるゆると築いてきたものに意味を持たせる手段はほかに思い浮かばなかった。そのとき涼子の目のまわりが赤く染まってゆくのを光岡は決意とみて、自分たちにふさわしいなりゆきを感じた。観察することが商売でもある男から見ると、女の目はかなり正直で、確かなものを見はじめているのだった。その目があまりに正直なので、

「忙しくなるな」

と彼は笑った。そうした馴れ合いは彼の中では正しい道筋であった。ある淋しさの裏で、微かな希望も終わりも感じながら、これでいいという気がした。

「次の休みに高ボッチにつきあってくれないか、あの清らかさはベルギーにも負けないだろう」

「メンパでお弁当を作ります」

「飛びきり美味いのを頼むよ」

「もちろん」

彼女は屈託なく言った。確かな明日が見えてきたのだろう。窓辺の夜に気づいて障子を閉めに立ってゆく女はもう別の人のようであった。

次の日から光岡は小説の構成を考え、二日後には表題も決まらないまま書き出した。涼子の視点でふたりの歳月を書くのである。書き出しは東京の胡散臭い男の、無定見《むていけん》な振る舞いの、客観的描写であった。構想三日に執筆三年を加えると、涼子の留守を埋められるはずであっ

た。

やがて不規則になっていた涼子の休日がくると、彼らはポルシェをのろのろと走らせて高ボッチ高原へ向かった。道が曲がりくねっているせいもあるが、美しい景色を記憶するための低速で、車は光岡が運転した。

高原は放牧の季節で、どこからくるのか牛たちがのどかに草を食んでいた。レンゲツツジも季節とみえて、至るところにある。雲の上に日本アルプスの山脈が連なる眺めはヨーロッパを思わせて、優々としている。

高ボッチ山で弁当を広げると、運よく諏訪湖が見えて、そこで過ごした自分たちの姿を振り返ることになった。湖畔の街は霞んで人影など見えるはずもないのだったが、光岡は花火の夜を見たし、涼子はすべて覚えていると話した。

赤飯の弁当には色とりどりの御数《おかず》の隅に野沢菜が行儀よく並んでいた。色褪せた古漬けを油で炒めたものだが、光岡はそれだけでも食べられた。

「美味いなあ、まったく美味い」

彼は世辞でも誇張でもなく言い、涼子を喜ばせた。赤飯は彼女の気持ちであろう。ひとつの終わりが見えてきたとき、次のはじまりを思うあたりは制作に生きる人らしいことであった。メンパの弁当を使いながら、眼下の諏訪湖を眺めていると、

「山瀬さんと話し合って、八月の出発が決まりました」

と涼子が告げた。

「アパートを引き払ったり、荷物をまとめたり、あわただしい日がつづきます」

「朝比奈さんには話したのか」

「ええ、兄も忙しいせいか、まあしっかりやれ、それだけでした」

「ゆくと決めた人に心配を口にしてもはじまらないからだろう、気持ちは分かるね」

「帰ってきても居場所がありません」

「トレーラーかキャンピングカーを買っておこう、走る工房だ、好きにできる」

光岡は茶化したが、涼子は軽口につきあうかわりに放心した。待っている自由はつまりませんね、としばらくして言った。

昼食のあと、腹ごなしにあたりを歩いていると、ぽつぽつと知らない花が見えて、なぜここで生き抜くのだろうと光岡は思わずにいられなかった。冬は雪に埋もれる酷寒《こっかん》の地であった。もっと楽な生き方があるはずだがと思いやるのは、そうしたことに無力な自分を知るからで、どっちも哀しいなと思った。しかしその先に答えはなかった。

「美しいね、ここはなにもかもが美しい」

「ほんとうに、清々します」

涼子も言った。しかしそう言いながら、こんなことでもなければ来ないのだから、人も棲息地の営みに縛られる生きものなのかもしれなかった。その意味でもベルギーはまさしく彼女の新天地であった。

初夏の今は草木が緑を濃くし、若いものは陽に染まり、それぞれに生き生きとしている。光岡はそういうことに胸を打たれる質ではないが、美しいものはどう見ても美しいのだった。まだ雪を抱くアルプスも清浄なものに見え、そしてなにより涼子と分ける空気が清浄であった。

「松本へ行ってみませんか」

と不意に涼子が言い出した。日本一美味しい蕎麦屋が場末にあるという。光岡は疑ったが、騙されるのも悪くないと思った。降って湧いた侘しさを糊塗する時間はたっぷりあった。松本への道は涼子が知っていたので、運転も任せた。

明るい午後のうちに松本に着くと、彼らは観光客のように名所を巡り、夕方には蕎麦屋に行った。それから同じ並びにある雑貨店にも行った。いちじつの記念に求めた品は涼子がプラスティックの櫛で、光岡は耳搔きであった。

松本で時間を使ったせいで、塩尻の宿に帰り着いたときには夜になっていた。食堂へはゆかずに湯を浴びて部屋に戻ると、女中が覗きにきたので、おにぎりとビールを二本だけもらった。

「くたびれましたね」

「ああ、だがおもしろかった、松本の蕎麦も高ボッチの高山植物もよかった、私ひとりだったら巡り合えなかったろう」

その日初めての酒を口に運びながら、ふたりは妙に落ち着いてしまって、話すことはその日のことに限られた。急に近づいてきた離愁を憚る気持ちがそれぞれにあって、その話題は避けていた。さっそく松本土産の櫛を使ってみた涼子は丹前の袖から取り出して、これ、めっけものでしたと笑った。ベルギーに持ってゆくとは言わない。どこにでも売っている代物だろうと思いながらも、光岡はいい買物をしたなと言った。それで通じる間柄であった。

自業自得の奔命《ほんめい》に疲れて終わるのは惜しい夜であったから、光岡はしばらくして涼子を褥《しとね》に誘った。そういうときの女はどうのこうのと書く人がいるが、涼子はいつもと変わらなかった。違うとすればすぐさま眠りに落ちたことであろう。

次の朝早く、涼子が着替えて、洗濯物の紙袋を携《たずさ》え、いつになくせわしく奈良井へ帰ってゆくと、光岡は自分も早く東京へ帰ろうと思いながら、原稿用紙に向かった。なにか書けそうな気がしたのだった。

部屋には朝陽が射して、欲念の抜け落ちた体に心地よかった。仕事場へポルシェを飛ばす女が目に浮かぶと、その勢いで飛び立ってゆくのだろうと思った。ベルギーになにが待っているか、それは誰にも分からないことであった。しかし彼女はやり遂げるに違いなかった。光岡は心の気高い女性だけが持ち得る静かな強さに屈服しながら、遅れてきた飛翔のときを思い、しばらくあけていた原稿の右端に〝秋の蝶〟と記した。

東京の家では達也が犬を飼いはじめて、佳枝が世話をしていた。小型犬で、庭に出しておけば運動は事足りたが、食事や排泄後の世話は人間の赤子と変わらない。佳枝はそれを家政婦に任せなかった。生来の家族愛と謹直さが表出してきて、犬のことになると自信して一席ぶったりもした。

「自力で生きてゆけない環境を作ったのは人間じゃないですか、この都会で人の手を借りずにどうして生きてゆけって言うのです」

そんなことを言いながら、庭にくる野良猫は見て見ぬふりであった。安全な庭を知る猫たちが彼女の家族になるには、それなりの愛嬌が必要なのであった。達也は家業の商売に身を入れているふうであったが、社長を気取って相手によっては居丈高になる。光岡の目にはどちらも小さく見えて、ことわりを説く手間が惜しまれるほどであった。もっとも彼にしたところで条理に適《かな》った営みを心得ているわけではなかった。つまりは光岡の家も家業も古いコンクリートに守られている砂の城に過ぎないのだった。そのことを肌で感じるには冷徹な観察眼が必要であったが、佳枝にも達也にもそれはなかった。

犬はパンジーと言った。達也が友達と呼ぶ遊び仲間から譲り受けたコーギーで、三歳のオスであった。二歳のときに殺処分になりかけていたのを友達の女が引き取り、それをまた達也が引き取ったのであった。

女はレイナと言った。南洋の小さな国の日系三世で血筋のせいか明るく、エキゾチックな容姿と雰囲気をとどめている。愛想がよいので佳枝は気に入って身内のように接していた。肌の色や出自を嫌う気配がないのが光岡には意外であった。川崎の狭い賃貸マンションに弟と暮らして、母国の両親に送金するために建設会社に勤めているレイナは忙しい身だが、ときおり犬に会いにくるので、光岡も顔を見れば挨拶くらいはするようになっていた。

「どうやら達也の本命のようだな、どこで見つけてきたのか知らんが、あいつにはもったいない」

あるとき佳枝に言うと、

「あの子なら嫁として悪くありません、難をいえば少々派手なことです」

それも意外な反応であった。

「水色や黄色のスカートを派手とみてはかわいそうだ、人真似ではなく、自分に似合う色を着ている、そういう人が少なくなったと思わないか」

佳枝は黙って、茶を淹れに立っていった。

犬もレイナも古い家に明るさをもたらす存在であったが、どうしてか犬は光岡に甘えなかった。書斎に籠って熱心にかまうこともしないせいか、犬の方でも居候かなにかに見ているのかもしれなかった。少なくとも主人でないことは分かっているのだろう。たまに名前を呼ぶと振り向くが、飛びついてくることはなかった。光岡はどうにか健康を保っていたが、その夏は異常に暑く、東京では急病人を作る日を繰り返していた。

ある日、担当編集者の木村から電話があって、近々退職してひとり出版社をはじめるので協力してほしいと言ってきた。出版界は不況つづきで、守りに入った会社では社員への風当たりが強くなり、早期退職を強いられるか、やる気をなくしてやめてゆく人が増えているという話であった。若い人の中には他社へ移る人もいるが、木村はあてどない道を選んだのであった。

「潮時というのをここまで真剣に考えたことはありません、決めてしまえばさっぱりしたものなんですが」

木村は言った。

「一杯やるか」

ということになり、光岡は初めて〝こしかけ〟へ人を連れていった。信頼している男を隠れ家に招くような気分であった。寿美は棚の酒瓶を拭いていて、顔色も変えずに彼らを出迎えた。

夕方のがらんとしたカウンター席に並んでビールをもらいながら、

「ここは無愛想な店でね、たいていの客は一度きたら嫌になるが、よさが分かるとこんなに気の置けない店もない」

光岡が言うと、木村はさりげなく寿美を見ながら、なるほどという顔をした。

「きれいな人ですね」

と小声で言った。

「そう思うだろう、ところが、あの顔であの無愛想なところに客は絆《ほだ》されるのさ、曲者《くせもの》だよ」

光岡も声をひそめたが、無駄だと分かっていた。寿美は客の話を聞く素振りはまったく見せないが、たいていのことは耳に入っているからであった。しかも直接会話に参加したことでない限り、何年経っても聞いたふうなことは言わない。そこが芸者に似ていた。

「まあ、あっちを見てもこっちを見ても清く正しい無事な人生なんてものはないということだろう、会社は順調なら安全地帯だが、傍《はた》から見れば規律正しい烏合の衆にすぎない」

「おっしゃる通りです、安全な干潟はそうあるものではないと思い知りましたよ」

「ママを見習え、ああして苦労も見せずにひとりで立ってる、女の傑作だよ」

光岡は思うままを言った。木村に対して抱く感情は戦友のようなものであり、かわいい舎弟のようなものでもあった。だからもし彼が独立資金の協力を申し出たなら、多少は都合するつもりであった。けれども前途を決めた木村は腹も据えたふうで、やがて酒がたっぷり入ってもそのことは口にしなかった。

「年に三冊も出せればなんとか食えると思います、当たりが出れば悠々自適ですよ」

「私のは期待できない、といって流行作家も無理だな」

光岡はビールで通していた。

そのときアルバイトの若い女が出勤してきて、見計らったように客も入ってくると、バーは一気に華やいだが、くつろぐ男たちが醸すほっとした気配がいっそう寿美を引き立てるようであった。光岡が長居をするのは珍しかったから、彼女はチェイサーの水を出したり、飲みっぷりのいい木村にはカクテルに山塩《やまじお》を添えたりした。そうして気を配りながら、なにも言わなかった。

「ところで協力というのは資金か、小説か」

「小説です」

「今度のは佳いものになると思うが、脱稿はだいぶ先のことになる、それまで君の方が持てばいいが」

「持たせますよ、まだ金のかかる子供がいますし、会社を見返してやりたい気持ちもありますから」

「会社は忘れた方がいい、これから独立しようという男が背中を重くしてどうする」

光岡は今でも恨む父親のことに重ねてそう言った。相手が人であれ、物事であれ、恨みや怒りや哀しみといったものは意識して思いつづけなくても忘れたりはしないからであった。執念は使い道を誤るとろくな結果にならない、と自身の経験から学んでいたし、短い人生の時間は別のことに使う方がよいに決まっていた。

「凡人にはむずかしいなあ、おっしゃることは分かりますが、今は根性が必要ですから」

木村はグラスを干して、またお代わりをした。どうしても顔を出す弱気を消すための酒らしかった。かれこれ二時間もつきあっているので、光岡は疲れはじめていたが、そうしているのが嫌ではなかった。ちびちび飲むつもりでブラディメリーを頼むと、寿美がわざわざ持ってきて、飲み過ぎですよ、と目顔で言うので、分かった、と彼も目顔で応えた。

「彼女が笑うところを見たことがない、客がくるのが不思議だ、そう思わないか」

「いい店です、妙に落ち着きますね、たぶんまたくると思いますが、今日はもう一杯飲んだら帰ります、このところ家内が干渉気味でして」

と木村も気を遣った。

彼の家は御殿山にあって、まだローンの残る高級マンションの暮らしであった。定年までに完済する予定だと光岡に話したことがあったが、退職金を注ぎ込むわけにゆかなくなった今、当てにできるのはひとり出版でしかない。それもやったことがないのだから心細いはずであった。だが木村はやるだろう、と光岡は踏んでいた。作家の可能性を感じとる嗅覚があるし、読む力もあって、丁寧な仕事をする。編集者でありながら月給取りに徹している人が多い中で、文学を仕事にする意義や情熱を忘れずにいるあたりは評価されてよい人であった。

「このなんとも言えない雰囲気、光岡さんなら描写できますね」

やっと酔ってきたらしい木村が言った。光岡が目にすることのない時間のバーは、怠《だる》さの心地よい負傷者の溜まり場のような雰囲気になっていた。アルバイトの女性が振りまく瑞々《みずみず》しい若さと、ふてぶてしく沈静する寿美の色香とがほどよく客を愉しませているのだった。似たような光景は余所でも見てきたはずであったが、なにかしら違うので光岡は新鮮なものに眺めた。

「光岡さん、三年後の脱稿を愉しみにお待ちします、忘れないでください」

木村は酔っても最後には編集者らしいことを言い、ささやかな酒宴の幕を閉じようとしていた。

「今書いていることは三年のうちに古くなるだろうな、だが、ありがたいことに言葉は腐らない」

光岡も作家らしいことを言った。

手ぶりで寿美に勘定を頼むと、次のときにしましょう、と優しいような事務的な声が耳許に返ってきた。車を呼びましょうかと彼女は気を遣ったが、光岡は歩いて帰ることにして店を出た。駅に向かう木村につきあい、途中の交差点で別れた。木村には甘い励ましは言わなかった。

蒸してきた夜の街を歩くうちに木村の年齢と体力が思いやられたが、彼も計算しただろうと思った。今ごろ旅支度に忙しい涼子のことも思った。しかし家に着くと、自分が倒れ込むようにベッドに横になってしまった。佳枝のベッドにパンジーがいるのが分かったが、人も犬も猫のようにおとなしかった。佳枝は軽い寝息を立てていた。

盛夏の一日、庭に出る気にもなれずに朝から涼子を書いていると、午後になりレイナがやってきた。どうして知るのかパンジーが玄関へ走るので、光岡もその足音で訪問を知るようになっていた。あとから佳枝か達也が出迎えて、犬談義のひとときを過ごすのが常であった。光岡は書斎から出てゆくときもあれば、無視することもある。

「いらっしゃい、今日はパンジーの吉日だな」

その午後はちょうど一息入れたかったので顔を出すと、犬を囲んで団欒の景色であった。レイナが膝を畳んでパンジーを愛撫するのを、佳枝も達也も身を屈《かが》めて見ている。光岡は犬にも無視され、甘えん坊で困りますというレイナの言葉に救われた。所在なく立っているのも馬鹿馬鹿しいのでコーヒーに誘うと、パンジーを抱いたレイナが真っ先についてきた。

「川崎の家では何語でパンジーに話しかけていたのかな」

「英語でした」

「するとパンジーも聞く方ではバイリンガルということになる」

「怪しいところです、英語も理解していたと思いますが、やっぱりピンとくるのは日本語のようです」

そうだよねと言うようにレイナはパンジーにキスした。そばから佳枝がお利口だものと言い、達也は黙ってにやにやしていた。コーヒーは光岡がひとりで飲んでいた。

レイナがパンジーに会いにくるのは達也の策略で、家族主義ではない父親を懐柔するためのようであったが、光岡はどうでもよかった。結婚したいならすればいいし、悪い娘ではなかった。異国で未来を模索しているという点では明日の涼子と違わないのだった。

日没には間のある時間に達也とレイナは食事をすると言って出かけていったきり、戻らなかった。若さには若さの都合があるのだろう。光岡は佳枝と近所の鮨屋にゆき、小一時間ほど食べて話して帰ってきた。

「私はレイナでいいと思います、下手な令嬢より知的で世間を心得ていますし」

「達也が決めることだ、私は反対しない」

ほかに話題もなく、ふたりきりの夕食の侘しさを鮨でごまかしてきたのだった。ところが次の日の夜になっても達也が帰らず、佳枝が案じはじめた。外泊することはあっても二日つづくことはなかったし、言いわけの連絡もないからであった。電話もくれないで、どうしたのかしらと案じた彼女は達也の携帯電話にメールを送ったが、それにも応答がなかった。

事態が見えてきたのはさらに数日後のことである。達也から普通郵便の手紙がきて、あけてみると、

「とうさん、かあさん、俺はフィジーで自分を試してみることにしました、レイナとタウンハウスを建てて足場を固めたら、マグロを獲るつもりです、次善の計画もあるので心配しないでください、いろいろ考えて決めたことです、どうか見守ってください」

とあった。

出し抜けの宣告に佳枝はうろたえて、

「あの女に騙されたのです、連れ戻しましょう」

と言い募った。

「やることがじいさまに似ている、言いくるめたのは達也の方じゃないか、そんな気がする」

光岡は騒ぎ立てる気にもなれなかった。自分で選んだ人生であった。おとなしく家業を継いだところで光岡家は達也の代で没落するだろうという予感があって、それは早ければ二十年後のことであった。そうなる前になんらかの手を打てるのは達也ではなく、光岡自身であったから、早晩彼も腹を決めなければならなかった。達也の家出に等しい洋行はそのきっかけをくれることになった。

「私が連れ戻してきます、いくら親子でもこんなひどい別れ方はありません」

「放っておけ、案外やるかもしれない、失敗して泣きついてきたときが私たちの出番だろう、そうなる前にやっておくことがある、その相談をはじめよう」

その日から連絡を待つ日がつづいたが、フィジーからはなんの便りもなかった。佳枝は期待することにも疲れて腑抜けたようになっていった。そばを離れないパンジーがなぐさめであった。やがて彼女は貸しのある弟にフィジーに行って様子を見てくるように指図したが、弟はなんのかんのと言い逃れて動こうとしなかった。その顚末を光岡に話すほど平常心を失っていた。

「事業を整理するときがきたらしい、弁護士と税理士を呼んでくれ、時間がかかるだろうが、おまえが一生困らないだけのものは作れる、達也と彼の子供にもある程度のものは残せるだろう、どう使うかはそれぞれの勝手だ」

光岡は折をみてそう話した。彼に見える未来と佳枝のそれは違っていたが、

「浅はかだったようです、ビルほど堅牢なものもないと信じていました」

長い沈思のあとにそんな言葉が返ってきた。すべてが現状のままつづくと思っていた彼女の衝撃は計り知れない。しかし恵まれた今を失うことを恐れながら、同時に安全な余生を思うのも家という庇護のために自分を殺してきた女らしいことであった。このままでは巨大な荷物になりかねないビルと、そのために人生を費やす虚しさにも思い至ったらしかった。

「親父ならうまくやるだろうが、私にはできない、それがおまえの運でもある」

「達也は見越していたのでしょうか」

「偶然だろう」

光岡は無産的に忙しくなったが、親が築いたものに執着しない性質もあって落ちてゆく気は

しなかった。年齢を考えると潮時という気がしたし、震えるような危機感もない。よくてあと二十年かそこいらの人生であったから、食いつないで傑作のひとつも書けたら上出来だろうと考えた。

そのころからパンジーが書斎を覗くようになり、気がつくと開けっ放しの入口に座っていたりする。おいで、と声をかけると足下に寄ってくるので撫でてやり、庭に連れ出すと暑いのに走りまわった。

「あの子がいなかったら淋しいでしょうね」

と佳枝は眺めたが、それも達也が計算尽くでしたことかもしれなかった。

三年もしたら佳枝をフィジーにやってみるかと光岡は思いはじめていた。母親の権利として、ひとり息子の身持ちを確かめておくのも、ひとつの決着だろうと思った。彼自身はすすんで会いにゆくつもりはなく、このまま生き別れになったとしてもあきらめられる人間であった。子も一個の人間として考えられるので、酷薄とは違う。達也が成功して凱旋するなら、それはそれとして認めてやれる人間でもあった。だから、ようすを見にゆく必要はなかった。

夕涼みの時間がくると彼は〝こしかけ〟へゆき、一杯引っかけて帰ってくるということを繰り返した。寿美だけが昨日も今日も変わりなく立っているのが、丈夫な木偶《でく》のように思えることがあって、なぜとなく休らうのだった。

「そのうちベルギーへ行ってみないか」

「また三日ですか」

「いや、帰りにアンコールワットに寄るから半月はいる」

「怪しいコースですねえ、半年考えさせてください」

約束とも言えない曖昧な言葉が光岡には快かった。人にも社会にも機械同様それくらいの遊びがなくては息苦しくていけない、そう若いころから思いつづけてきたが、分かる人が減り、社会はつまらなくなっていた。

その晩、彼は木村に電話してみた。早い時間であったが、木村は家にいて、一冊目の原稿を前に旗揚げの準備をしているところであった。

「最後の有休ですが、のんびりしてもいられませんから」

これからは家が職場になるのであった。

「いい小説か」

「期待しただけのことはあります」

「それはよかった、ところで〝こしかけ〟のママを覚えているか」

「もちろん」

「編集者の観察が先だが、彼女に自伝を書くように勧めてみないか、その辺にはないリアルが出てきそうな気がする、聞き書きでもいい」

「分かりました、せいぜい観察してみましょう、飲み代が立派な経費になるのはありがたいです」

「話が早くていいね」

「昭和生まれですから」

彼は言った。

電話を切ると、いつのまにかパンジーがいて、おやつをねだる顔をしたので、彼はドライフードを出してやった。犬の表情を読めることが自分のことながらおかしかった。佳枝は風呂らしく、しばらくしてから先に休みますと告げにきた。夜が沈む気がした。

不思議なことに腎炎も神経症も影をひそめていたが、さわやかとは言いがたい気分と夏日がつづいていた。八月に入って間もなく涼子が出立の日を知らせてくると、予期していたことであるのに心が騒いだ。出立は一週間後であった。

こちらの洋行は三年の期限付きであるにも拘わらず、ひどく長く感じられてならなかった。それだけ涼子が彼の人生に棲みついているのだったが、ふたりの現状を守ることよりも大事な洋行であった。それの分からない男と女でもなかった。餞別にダイヤのネックレスを用意していた光岡は、それが思い出の品になっても仕方がないと考えていた。つかず離れずの関係を良しとしてきたふたりにとって、三年とはそういう歳月であった。

彼は日に四、五十行というペースで涼子を書いていたが、ときおり筆が勝手に走ることがあった。普段は忘れている久しい前のことが、夢の中の自分たちを見るように現れてきて、描写に困らないときに筆はすすんだ。人間の記憶には間違いも多いらしいが、彼は折々の涼子の言葉を覚えていたし、ちょっとしたときの目の動きまで思い出すことができたから、その情景を書きながらその中へ還ったりもした。するとまた筆が走った。

日中のどこか濁っているような気配を執筆で消しながら、彼は耐える甲斐のない時間を縮めていった。むかし父親に折檻されて納戸で呻《うめ》いていた時間よりはましであったが、行く手の見えないことは同じであった。といって逃げ出すこともできない。なりゆきにつづくなりゆきこそ静かに流れてゆくべきであった。

暑さの衰えそうにない日の午後、息抜きにテラスで冷たい紅茶を飲んでいると、パンジーが飛び出してきて庭を駆けまわった。レイナや達也を忘れたわけでもなかろうに嬉々としている。暑さに弱い体質はどこへいったものか、消耗する気配すら感じられない。猛然と走り、狐のようにジャンプする。光岡は眺めながら、パンジーもなりゆきと闘っているのかと思った。

夕方と呼ぶにはまだ明るい時間に〝こしかけ〟に顔を出すと、開けたばかりの店の奥に寿美が立っていて、微笑むでもなく、あら珍しいと言った。

「縁起がいいだろ」

「どうかしら」

寿美は手際よくビールを出しながら、私は縁起直しが先ですから、と珍しく一杯つきあった。

「パリを思い出すね」

「おもしろかったわ、パリまで行って女に会わない馬鹿な男も見たし」

「となりの部屋にいながら、よそ見をしている女もいたね」

「あの雰囲気はよかったわねえ、ロビーに下りてゆくとあなたがいて、外には凱旋門が待っている、そのうちガイドの青年がやってきて私の顔色を見るから、私も目顔でね、潔白ですと言ってやるの」

「あきれただろうな」

その日からじきに一年になるのを、ふたりは不思議な感覚で確かめていた。月日が過ぎても寿美は同じ場所に立ち、光岡は孤独を迎えようとしている。変わらないのはパリの記憶で、そこへ還る間は一年若くいられた。

「セーヌのほとりはよかったね、恋人たちが睦み合う姿が自然だった、日本の川ではちょっとできない」

「真似事でもいいから、彼らのようにやってみたかったのでしょう、勇気がなかっただけね」

「そう言うが、あのときのママは鎧を着ているようだった、腰に手をまわすだけでもよかったのに惜しいことをした」

「チャンスを物にできない人なのねえ」

「そうでもないがね」

光岡は久しぶりに味わい深い酒を愉しみながら、辛い思いが苦手だから、人にも辛いことを強いないだけさと話した。

「上手な言いわけだこと」

寿美は自分のグラスに半分だけビールを注ぎ足して、新しいビールを出すと、

「ふたりきりですから言いますけど、作家は人を騙すのが巧いそうですね」

と艶っぽい目をして言った。

「騙したりはしないよ、口の巧い人は大勢いるが、逆に騙されたりしてね、私の知る限り中身は幼い人が多い」

「知り合いに騙された人がいて、助けてくれと泣きつかれました、五千万ほど取られたそうです」

「それは作家を騙《かた》った詐欺だろう、そういう金は戻らないから、あきらめた方がいい、その人は女性だね」

「ええ」

「寿美というのじゃないか」

「まさか、私はそこまで殿方を信じることはありません、これでもいろいろありましたから」

その部分は光岡が観察してきた通りで、その後商売を間違えた女がなりゆきで今日も立っているだけのような気がした。

「いろいろあった末の苦肉の鎧ということらしい、その歳で重くないか」

「鎧を外したときにそういうことを言うのは野暮です」

「手厳しいね、ふたりきりだから言うが、そんなふうで淋しいことはないか」

「嫌らしい」

光岡も寿美も体のことを言ったのではなかったが、それでいて体につながることになる男女のなりゆきを熟知していた。そういう歳と経験を互いの表情に見てしまうのが淋しいのだった。しかしそんなことから光岡は気になっていたことを思い出して、さらりと訊いてみた。

「ところで、ベルヴィルの絵はどうなっている」

「消えましたよ、ふさわしいところへ」

寿美もあっさり答えた。

「あの絵の裸婦はママだろう、しばらく経ってから気づいてね、じっくり見ておくのだったと思った、また誰かに描いてもらうのはどうかな、私が買うから」

「馬鹿なことを考えるものですね」

「老後の愉しみさ、特別な感情はないが、邪魔にもならない、淋しがりの犬が妬《や》くかもしれないな、今日も出がけに冷たい顔をされてね」

「犬が冷たい顔をしますか」

寿美は想像したらしく微かに笑った。

つられて光岡も笑った。吉兆だと思った。

客がいなければ、その時間の寿美は摘まみを作るか、帳簿でも眺めているはずであったが、光岡がいつもより早く現れたために少しばかり忙しくしていた。それが商売だから客の相手はするが、カウンターに隠れる手も動かしているのだった。光岡はそうした生業《なりわい》をまともだと思いながら、寿美には別の道があるように思えてならなかった。そのために哀しく見えることがあった。

「さっきの話だが、本気で考えてみないか」

「絵のことですか」

「なんなら私が画家を世話してもいい」

「その画家についてきて私の裸を見ようという魂胆でしょうけど、がっかりするのが落ちでしょうね」

「それはない、自信がある」

「そういうのを妄想って言うんです」

彼女は言った。男と女のたわいない遣り取りには遊びがあって、実現しないと分かっていながら愉しめるのがよかった。それもパリの記憶の仕業かもしれなかった。

しばらくして客が入ってきたのを潮に光岡は勘定をしてもらった。

「美味い酒だった、ありがとう」

寿美はまた少し笑った。

外に出ると、火点しごろの街にはまだ陽があり、道には無灯火の車が走っていたが、昨日より早く暮れかけているのが分かった。時間があるので、彼はタクシーを拾って内川《うちかわ》のあたりを走らせた。気紛れであった。

大森はかつて溝川《どぶがわ》の多い街であったが、注ぎ込む太い川が埋め立てられて溝川も消えてしまった。汚れたまま残ったのが内川で、そんな川にも東京湾から魚が帰ってきているという噂であった。タクシーの窓から魚が見えるはずもないが、川べりの景色を見るだけでもいいと思った。もう何十年も見ていないからであった。

祖父と父が資産を築いた街は著しく変容して、夕涼みの風物も絶えていたが、川べりには遊歩道ができてマンションや分譲住宅が並んでいた。学校もある。かつてそこには町工場や倉庫や漁師の小屋があり、空き地は荒れ放題であった。大森の街はどこも似たようなもので、小さな家が密集し、なんの商売とも知れない会社が跋扈《ばっこ》し、大きな通りには小商いの店が踏ん張っているきりであった。彼の父はそうしたものを破壊してビルを建てたのであった。その上に光岡の暮らしも成り立っていた。

川沿いの住宅地は東京とも思えない静けさであった。悪臭のせいか遊歩道には人影も見えない。魚を釣る人がいると聞いたが、本当だろうかと思った。運転手が、このあたりもきれいになりましたねえと言った。車はゆるゆると走っていたが、光岡はひどく虚しいものを押しつけ

られているような気がして、

「ここはもういいです、新宿へやってください」

そう言っていた。祖父と父のふたりが心血をそそいだ事業の果てはお粗末な石膏細工に等しく、人が求める安らかな美からほど遠いものに思われた。すると別れてきたばかりの寿美が懐かしく、また涼子が懐かしく、塩尻の清々とした山の気が懐かしく思われてならなかった。ほかのものはいらない気がした。

「運転手さん、景気はどうだね」

彼はなんの意図もなく、運転手の白い後頭部に絆《ほだ》されて訊いてみた。

「さっぱりですねえ、こんな長距離は久しぶりです、この商売も私らの世代で終わりじゃないですか」

「淋しいが、そんなものだろうね」

窓の外にはコンクリートの街が流れていた。ベルヴィルの夜とどこか似ているようでいて、味わうものがない。無味乾燥な顔をしている。目を逸らすと、実りの季節のブドウ畑が脳裡に広がった。

彼は自由になる想念の中に遊びながら、好きなものとだけつながって生きてゆくのはむずかしいだろうが、そろそろ絞り込んでみようかと考えた。それのできない人は贅沢だと言うだろう。金持ちの我儘だと笑うかもしれない。けれども、彼らも自分の人生を自分で決めていることに変わりないのだった。思うようにならない現実を境涯や社会のせいにするのではなく、その誘惑をにぎり潰して、自力で運命を切り開いてゆくのが人間の人間らしい生きようではなかったかとも思った。その点では達也も木村も先をゆく人であった。

新宿へ向かううちに日が落ちて、通り過ぎるビルの街には無駄な眩しい光が溢れはじめていた。車内が冷房のせいか、まだ夏にいる気がしたが、ベルギーを思うとぼんやりとしてもいられなかった。

摩天楼の林が見えてきたころ、

「もうすぐ着きます」

と涼子が携帯のメールで知らせてきた。

「見えているよ」

光岡もメールで知らせた。

涼子は勝手の分からないベルギーの生活に備えて、髪を短くしているはずであった。旅の荷物のどこかに松本で買った安物の櫛もあるはずであった。そんなものを大事にしながら異国の三年を乗り切るであろう女が、光岡には見えていた。

そこには思いがけない驚喜が待つかもしれなかった。かつて塩尻の原野を拓《ひら》いた人たちや、世界で初めて黒塗りのピアノを生んだ漆工たちがそうであったように、涼子もいずれ無上の域へゆきつく気がした。

彼は見るともなく窓外の景色に目をやりながら、ポケットの名刺入れを撫でていた。ある歳月がゆき、使い込んだ分だけ漆が手に馴染み、触れていれば落ち着くのだった。皮脂《ひし》とともに塗り重ねた情が膜を生むのか、蜆蝶も壊れずに生きていた。情愛の形見にするのは捨てるより愚かなことに思われ、今日までのなりゆきの不思議な強さと、その豊かな流れを慈《いつく》しむような気持ちであった。

車は懐かしい夜の街を疾走していたが、彼は遠い日に還ることはしなかった。そのためにきたのではなかった。涼子もすっきりとした顔でやってくるに違いなかった。

「今度は私があなたを待たせる番ですね」

「ジェット機を買うさ」

「模型で十分です」

小さな変わり身の上手な彼女がベルギーでも丹精して美しいものを生むであろうことを光岡は疑わなかった。そのひたぶるな挑戦に加勢するであろう自分も疑わなくなっていた。今を生きる人に優しく寄り添うものこそ命は長く、貴重であった。そのことをこれから話そうと決め、そこからはじまる新しいなりゆきを思うとき、久しく彼の中に君臨していた亡者の幻は影を薄くし、やがてその無価値な記憶とともにあっけなく、野分《のわき》めいた至情の風に吹き飛ばされていった。

本作品は書下ろしです。

装画　津上みゆき
Study for View, 20 Pieces, 2020-21, No.04, Aug 2020
from a sketch at 12:40pm 5 Aug 2020（部分）
©Miyuki Tsugami courtesy of ANOMALY

ブックデザイン　鈴木成一デザイン室